Este livro foi produzido segundo o Acordo Ortográfico da Língua Portuguesa de 1990, em vigor no Brasil desde 2009. No entanto, respeitamos a opção do autor quanto ao uso da coloquialidade nos diálogos.

Edição e design gráfico
Clô Barcellos

Ilustrações
Designi

Revisão
Célio Lamb Klein

Dados Internacionais de Publicação na Catalogação
Daiane Schramm CRB-10/1881

G943b Guimaraens, Rafael
Barra 77/Rafael Guimaraens. – Porto Alegre: Libretos, 2024.
220p.; 16 x 23 cm
ISBN 978-65-86264-91-3
1. Literatura brasileira. 2.Romance. 3. Movimento estudantil. 4. Democracia. 5. Repressão. I.Título..
CDD 869
CDU 82-3

Catálogo sistemático
Literatura-romance: CDD B869.3
Movimento estudantil CDD 371.83

Libretos
Rua Peri Machado, 222, Bloco B/707
Bairro Menino Deus, Porto Alegre, RS
Brasil
CEP 90130-130

www.libretos.com.br
@libretoseditora
libretos@libretos.com.br

Contato com o autor
rafael@libretos.com.br

BARRA 77

Rafael Guimaraens

Libretos

Porto Alegre, 2024

Sumário

1. Oito Meses Antes

“Na Porto Alegre dos maridos em férias, 18 horas”, informa o locutor da Rádio Continental no momento em que o Passat bege estaciona diante de um sobrado da Rua Sofia Veloso, onde dois rapazes aguardam na calçada, com suas mochilas encostadas nas pernas e bolsas de couro a tiracolo. Álvaro é o mais alto, tez morena, barba por fazer, cabelos crespos e desleixados que lhe alcançam os ombros ossudos. Mantém as mãos nos bolsos de um macacão de brim puído nos joelhos. Por baixo, uma camiseta branca de algodão. Rubem é um pouco mais baixo, cabeleira loura bem penteada e exibe uma boa musculatura sob a camisa xadrez. Completa o traje com uma calça Lee desbotada com remendos em forma de triângulos pontudos nas laterais das canelas.

O motorista e duas garotas descem para reorganizar a distribuição dos lugares no Passat. Alice cochicha no ouvido de Valéria:

– Vamos passar o fim de semana com Shazan, Xerife e Cia?

A outra cobre o riso com a mão.

Cláudio, o *Cau*, acomoda as mochilas no porta-malas e se encarrega das apresentações.

– Esta é a Valéria, meu broto, futura pepsicóloga – ele alisa o rosto da garota mignon que veste uma blusa de batik sobre uma bermuda de brim com a barra desfiada.

– É o bordão dele – ela retruca.

– Esta ruiva gostosa aqui é a Alice, estudante de Letras que, pela sua comovente dedicação ao curso, vai se formar daqui a uns dez anos.

– Antes de ti, quer apostar? E os guris?

– Álvaro, que eu chamo de Alvus, operário e revolucionário modelo.

– Prazer – o mais alto faz um gesto com a cabeça.

– E o que faz o revolucionário modelo?

– Trabalha numa gráfica e recém entrou no Jornalismo, incentivado pelo tata aqui. Mas provavelmente vai acabar os dias alcoólatra, esquecido no fundo de uma redação esfumaçada da imprensa burguesa, como todo jornalista que se preze.

– Deus te ouça, chê – diz o rapaz.

– O outro não conheço.

– É o Rubem – responde Álvaro. – Meu colega de quarto, estudante de Arte Dramática.

Cau faz uma expressão maliciosa.

– Arte Dramática? Sei não.

Álvaro vira-se para o amigo:

– Fica frio, Rubinho. Ele adora fazer gracinhas sem graça nenhuma.

O Passat devora rapidamente quilômetros e quilômetros de asfalto da nova *freeway* embalado por *My generation*, do The Who, um dos hits da emissora.

– Não precisa correr tanto – reclama Valéria.

– Hein? – pergunta Cau.

– Tá correndo demais e o som tá muito alto – ela grita e gira o botão do rádio em sentido anti-horário.

Cau confere o painel.

– Tô a 140. Fichinha. Já botei 160 num retão até a fronteira.

– Se ficar nos 90, eu agradeço.

Nas ondas do rádio, Roger Daltrey detona:

Why don't you all fade away,/and don't try to dig what we all say

No banco de trás, entre Rubem e Álvaro, Alice sacode os ombros, agita os punhos fechados e faz o coro no refrão:

– *Talkin' about my generation!*

Rubem acompanha balançando a cabeça. Álvaro finge se ajeitar só para aproximar o rosto do banco da frente e aspirar fundo o exótico perfume que vem do pescoço de Valéria.

Ao fim da música, entra no ar a vinheta *1120 é notícia*. O locutor abusa da ironia para informar que a filha do presidente Ernesto Geisel usou um avião da Força Aérea Brasileira para ir e voltar da praia no mesmo dia em que o governo fez um apelo à população para poupar combustível.

– Pegaram a mocreia na tampinha – Cau debocha. – Foi pra ela que o Chico fez "você não gosta de mim, mas sua filha gosta", não foi?

– Ela mesma – confirma Rubem. – Dona Amália Lucy. "Ela gosta do tango, do dengo, do mengo, domingo e de cócega."

Depois do pequeno noticiário de cinco minutos, uma voz solene anuncia: "Em Brasília, 19 horas". Seguem-se as primeiras notas de *O guarany,* de Carlos Gomes.

– No ar, a voz da ditadura – Cau desliga o rádio. – Alguém trouxe fita boa, como eu pedi?

Valéria enfia a mão na bolsa de macramê e retira uma.

– Joni Mitchell. Tem mais Carole King, Elis, Bethânia...

– Só mulherio, pra variar. Alice?

– Trilha do *Hair*, Doors, Jefferson Airplane, Grateful Dead, Janis, só coisa boa.

– Falando em coisa boa...

– Também tem.

– E tu, guri?

– Trouxe umas de MPB – Rubem responde. – Chico, Gil, Caetano, Gonzaguinha, Mutantes, mais seis bauras já fechados.

– Uau, patota de fé. Alvus?

– Só uma, de música latino-americana, e nenhum baseado.

– O Alvinho não fuma e até é meio contra – explica Rubem.

– Igual à Val. Dois caretões – comenta Alice.

– Me dá dor de cabeça – Valéria se justifica.

– Sou contra maconha na militância. Na vida pessoal, cada um faz o que quer – comenta Álvaro.

– O que tem na fita?

– Tá na mochila. Na praia eu mostro.

– Aquela dos argentinos? – Rubem pergunta.

Valéria vira-se.

– Argentinos?

– Um casal que tá morando na nossa *república* – ele comenta.

– Teve um psicanalista argentino exilado que nos deu um curso no ano passado – ela conta. – Os caras tão muito à frente. Mudou a cabeça de muita gente, inclusive a minha.

– Os nossos estão de passagem. Querem ir adiante, não se sentem seguros aqui.

Álvaro o censura com os olhos.

– Militantes? – pergunta Valéria, curiosa.

Rubem aproxima o rosto do vão entre os bancos da frente e murmura com os olhos faiscando.

– Montoneros.

– Ô, Rubinho! Deu, né? – Álvaro protesta.

– Que qui tem? – intervém Alice. – Por acaso alguém aqui não é de confiança?

– Vamos especular: eu resolvo contar só pra quem eu confio. Aí, cada um em quem eu confio conta pra quem ele ou ela confia, e cada um em quem ele ou ela confia conta pra quem cada um confia e assim por diante. Aí toda a cidade de *confiança* fica sabendo, incluindo os *ratos*. Então, nosso simpático casal argentino é levado pelo conluio das polícias latino-americanas, some no Rio da Prata e nós, eu, o Rubinho e os outros moradores da nossa *república*, somos processados pela Lei de Segurança Nacional por acobertar terroristas internacionais. Deu pra entender? Os caras estão clandestinos, chê.

– E tu acha que a gente vai sair espalhando por aí?

– É da natureza humana contar segredos, especialmente os mais misteriosos e proibidos. Um fetiche. Acham excitante.

Alice lhe mostra a língua.

– Que cara chato!

Álvaro ignora o comentário.

– É o caso do Rubinho, que falou coisas que não devia porque acha que assim está se valorizando no grupo.

– Pô, Alvinho. Qual é? – o amigo reclama.

– Então peço encarecidamente que essa história dos argentinos fique aqui entre nós. Pode ser?

– Pode crê – concorda Valéria, séria, inserindo Joni Mitchell no toca-fitas.

A voz sublime da loura conta uma eletrizante aventura protagonizada por um ser misterioso, um tal *Coyote*, que assedia a prisioneira das linhas brancas da *freeway* e não aceita o *não*.

That coyote's at my door/He pins me in a corner and he won't take no/He drags me out on the dance floor/And we're dancing

– Esse novo amigo é meio stalinista, né não? – Alice provoca.

Cau dá uma risada.

– Ha, ha, ha. O Alvus? Trosco de carteirinha. Sabe o *Programa de Transição* de cor e salteado.

– Um amigo meu sempre diz: dentro de cada trotskista há um stalinista enrustido, só esperando a hora de botar as unhas de fora.

– Quem disse uma tolice dessas? – protesta Álvaro.

– Deve ser o Ricky, o rolo-poeta da Alice.

– Ricky é cabeção.

– Imagino – ironiza Álvaro.

– Qual é, Josef Stalin?

– Ô, pessoal. Paz e amor. Vamos se querer!

E assim o Passat desliza para o litoral, um resto de sol batendo no vidro traseiro. O fim de semana promete.

Mal entram na casa de praia, Cau dá um cotovelaço no ombro de Álvaro.

– Qual o veredito?

– Rico chaveirinho.

– Olha o respeito, rapá.

– Muito pra tua bolinha. Vou agitar um rango.

Álvaro vasculha a geladeira e encontra um pedaço de linguiça, meio pé de alface e alguns tomates. Na despensa, acha um saco de arroz pela metade e uma réstia de cebola. Despeja água na chaleira e derrama um pouco de azeite no fundo de um panelão. Neste momento, sente o estranho perfume se aproximando.

– O que tá saindo de bom?

– Ah, vou improvisar um arroz de china com o que tem. Qual é a graça?

– Arroz de china. Vocês têm cada coisa. Quer ajuda? Só não conta comigo pra cortar cebola.

– Já tá meio encaminhado.

Valéria senta-se em um banquinho.

– Então fico aqui dando apoio moral.

– Olha, não sou tão rabugento assim, viu? É que esse lance dos argentinos é muito delicado. Qualquer coisa, ligo o alarme.

– Saquei, não esquenta.

– Posso te fazer uma pergunta indiscreta?

– Só se não for *muuuito* indiscreta.

– Qual o nome do teu perfume?

– *Patchouli*. Gosta?

– Agradável. É marcante, ousado, mas, ao mesmo tempo, relaxante.

– Temos aqui um especialista em perfume.

Ele ri.

– Não entendo nada de perfume, mas tava atrás de ti e senti esse cheiro toda a viagem. Gostei.

– Como é que se conheceram, você e o Cláudio?

– Foi na campanha do Marcos Klassmann pra vereador, ele não te contou? Passamos algumas boas aventuras juntos, indo nas vilas, colando cartaz, pichando muro de madrugada e fugindo da polícia. Tudo isso pro cara ser cassado no segundo dia de mandato.

– Merda, né? O Cláudio fala muito de você.

– Bem ou mal?

– Geralmente bem. Outras, nem tanto... Brincadeira.

– Temos nossos entreveros.

Valéria arregala os olhos:

– Entrevero! Que é isso?

– É desentendimento em *gauchês*. Sou da fronteira, guria, tá pensando o quê? Mas vim pra cá ainda bebê. Primeiro pra Viamão, com a minha mãe, pra casa de um tio. Agora, em função da faculdade, consegui um quarto na pensão, que nós chamamos de *República Popular da Sofia Veloso*, graças ao Rubem, que eu conheci no dia da matrícula. Do interior, só sobrou o palavreado, por causa da minha mãe. Tu não é gaúcha, né? Deixa eu adivinhar: paulista?

– Deu pra notar?

– Na verdade, o Cau já tinha me dito e o sotaque confere.

– Conhece São Paulo?

– Nunca saí dos pagos, considerando que Garopaba faz parte do da república do Piratini.

Álvaro coloca a cebola no óleo quente, espera uns segundos, atira os pedaços de linguiça, e a seguir derrama o arroz molhado. Logo a seguir, mexe com vigor e, por fim, joga água fervente e baixa o fogo.

– Agora só falta a salada.

– Deixa comigo.

Valéria corta os tomates em fatias milimetricamente medidas e lava cada folha de alface com capricho. "É perfeccionista", Álvaro percebe, com as narinas ativas sugando o *patchouli*. A garota tem nariz levemente arrebitado, sardas nas maçãs do rosto, sobrancelhas grossas e cabelo castanho longo e escorrido. Ele evita olhá-la diretamente, mas sente sua presença pelo perfume, pela beleza do rosto e pelos movimentos graciosos do corpo miúdo que ele acompanha com o canto do olho. Nesses pequenos contatos, começa a perceber que se fodeu.

– Pronto – ela o desperta dos devaneios.

– Gracias. Mas chê, me conta como é que tu vieste parar nesse fim de mundo – ele puxa assunto.

– Não é tão ruim. Tomei pau no vestibular da USP e decidi tentar aqui na Federal. Passei e vim morar na casa de uma prima gaúcha. Tô aqui há um ano. Agora, ela foi fazer um intercâmbio no exterior e fiquei com o apê só pra mim, eu e uma gatinha amarela que apanhei na rua ainda filhote. Fica a duas quadras da pensão de vocês. Uma travessinha chamada Comendador Batista.

– E como é que caíste nas garras do meu amigo aí?

– Primeiro, conheci a Alice através da Carmen, a prima que eu te falei que também faz Letras e agora ganhou uma bolsa na Espanha. Numa festa, a Alice me apresentou ao Cláudio. E tá sendo bem legal.

– Qual é teu plano?

– Depois de formada? Tentar a psicanálise. Montar um consultório aqui ou em Sampa. Ou dar aula, ou trabalhar em algum projeto público de saúde mental.

– Tem a opção de trabalhar no setor de recursos humanos de alguma grande empresa.

– Sem chance. Você faz Jornalismo, né?

– Vou começar agora. Gosto de escrever. Acho que me daria bem fazendo matérias de denúncia, mostrando a realidade brasileira. Que pretensão, né?

– Te imagina trabalhando em alguma assessoria de imprensa da ditadura?

– Nem que a vaca tussa.

– Mesma coisa.

– Por que Psicologia?

– Espero que você não seja dos que acham o curso de Psicologia um lugar de pessoas encucadas, que não sabem o que querem da vida, ou de moças que estão lá pra arranjar marido. Ou talvez seja daqueles militantes fundamentalistas para quem a psicologia tende a particularizar os transtornos humanos, alienando o indivíduo dos dramas da realidade social?

– Não, na verdade conheço pouca gente da Psico. Acho que tu é a primeira que eu conheço. Tô te achando um pouco defensiva.

– É que eu canso de ouvir esse tipo de coisa, especialmente do teu amigo aí – ela aponta para a sala.

– Se tu quer saber, não chego a tanto, mas acredito que algumas doenças mentais têm suas causas na sociedade opressiva. Tratadas particularmente, elas tenderiam a suavizar os conflitos sociais.

– Viu? Como queríamos demonstrar.

– Objetivamente: adianta curar o indivíduo sem mudar a sociedade?

– Garanto que tratar o indivíduo transtornado para ele ajudar a mudar a sociedade vale a pena. Na verdade, a psicologia não existe só pra tratar a saúde mental das pessoas, mas pra buscar explicações para o comportamento humano. Olha, Álvaro, não sei se você conhece Freud com mais profundidade, portanto, não sei até onde essa conversa pode ir.

– Só fiz uma pergunta inocente, chê.

– Os mecanismos da mente humana, principalmente as coisas do inconsciente, me fascinam. Tô adorando o curso. Se te interessa pelo assunto, sugiro, como porta de entrada, *Psicologia das massas e a análise do eu*, do Freud.

Ele insiste na ironia.

– Acha que qualificaria a minha forma de pensar?

– A menos que você guarde as suas certezas num cofre impermeável a qualquer confrontação com o contraditório ou com a vida real. Não deveria. O único instrumento de evolução e amadurecimento do ser humano é o ponto de interrogação. Pra alguns, isso é complicado. Mais cômodo é se proteger nas convicções inabaláveis.

– Bueno! Acabo de levar uma cacetada. Bem feito.

– Jacques Lacan diria: cada um alcança a verdade que é capaz de suportar.

– Temos aqui uma lacaniana?

– Na verdade, sou freudiana e tô estudando as interpretações, divergências e afinidades entre Lacan e Eric Fromm.

Álvaro sente-se em um campo minado e acha prudente mudar o rumo da conversa.

– Não entendi bem o que tu tem contra convicções.

– As tuas? Tô te conhecendo agora.

– Digo as convicções em geral.

– Nada. As convicções nos dão segurança, desde que tenhamos disposição e inteligência de colocá-las à prova, questioná-las a todo momento, senão viram cláusulas pétreas que vão nos emburrecer inapelavelmente.

– Me rendo. Começamos mal.

– Nada que com o tempo não possamos consertar. Eu gosto desse tipo de conversa. Pelo menos não me chamou de pepsicóloga, como o Cláudio faz quando perde nos argumentos.

– Na próxima, venho melhor preparado. Quando tu te formar vai ser minha psicóloga.

– Ótimo. Adoro causas perdidas. Brincadeira.

Ela se dirige à sala, mas da porta da cozinha vira-se e diz:

– Ah, Trotsky botava fé na psicanálise.

– Bah, aí a coisa muda de figura.

Na sala, Cau, Alice e Rubem compartilham o primeiro baseado da noite. No toca-fitas, Chico Buarque canta que "a coisa aqui tá preta" e Cau aproveita o embalo.

– A pequena burguesia se ferrou. Vejo pelo meu coroa. Ele não fala nada, mas a coisa tá preta. De dois anos pra cá, tudo degringolou. Na real, a minha família se beneficiou do "milagre". Compraram casa, trocavam de carro a cada ano, turbinaram os negócios, o velho investiu em imóveis. Agora tão pagando a conta. Ele demitiu um terço dos empregados da fábrica e começou a vender as coisas. Essa casa aqui, aproveitem, tá à venda há um mês. Cada semana, ele diminui o preço.

– Pelo menos, não empentelha com a tua militância – comenta Alice.

– Isso não. Meu coroa é um autêntico liberal-democrata, vota no MDB, reclama dos milicos.

– O meu é um fascista juramentado.

– Ele acredita numa democracia perfeita – prossegue Cau. – Condena o radicalismo de esquerda ou de direita. Repete que os jovens criam confusão, mas não concorda que sejam reprimidos. Repete o bordão: quem não é comunista aos 18, não tem coração; quem continua comunista aos 40, não tem cérebro. Mas às vezes dá uma indireta: não vou viver pra sempre, era bom tu ir se aproximando da fábrica, vendo como funciona.

– E tu?

– Eu desconverso. Ainda bem que tenho um irmão cê-dê-efe que estuda Administração e tá louco pra herdar a fábrica. O pior é que, com a crise, o velho tá bebendo mais do que o *dojão* dele. Quatro quilômetros por litro o Dodge, quatro doses por hora, o velho. A coroa tá preocupada porque ele tem um histórico de alcoolismo na juventude.

– O meu insiste que a minha militância não é contra o sistema, mas contra ele. Me chama de rebelde sem causa. Ele fala assim – Alice imita uma voz grave e furiosa: "Tu faz tudo isso pra me ferir, filha ingrata!". Joga na minha cara, levanta a voz, ameaça me internar. Tô de saco cheio.

– A luta contra o sistema seria contra o pai, canso de ouvir esse tipo de coisa – atalha Rubem.

Valéria sente necessidade de intervir.

– São duas coisas diferentes. Deixa eu explicar. Há uma figura na psicologia freudiana que se chama "pai internalizado", que simboliza algo que o adolescente precisa superar para amadurecer.

Álvaro escuta da porta da cozinha com um copo de cerveja na mão.

– Tu acredita nisso?

– Sou freudiana, esqueceu?

– Seria o drama shakespeariano de matar o pai pra ficar com a mãe?

– Nada a ver. Isso é outra coisa. Funciona assim: o adolescente precisaria desafiar a autoridade do pai, cometer esse "assassinato psicológico", para se livrar das amarras da onipresença paterna, e assim poderá ingressar no mundo adulto e construir a própria identidade.

– Eu mataria o meu pai sem pestanejar – afirma Alice.

– Com a figura paterna dominadora, o jovem não tem espaço para a criação da própria vontade individual. Então, *matar*, entre aspas, o pai internalizado significa refutar o autoritarismo, questionar ou combater as referências e valores paternos. Mais ou menos assim: não queremos esse mundo que vocês nos legaram.

– Um mundo careta pra caralho – completa Alice.

– Então, a rebelião estudantil nada mais é do que os jovens querendo matar o pai psicologicamente? – provoca Álvaro.

– Eu mataria o meu fisicamente – exclama Alice.

– Seríamos então um bando de edipianos exterminadores da figura paterna.

– Complexo de Édipo é outra coisa, mas gosto do teu estilo.

– Ele é bom nisso – comenta Cau.

– Só uma curiosidade – Álvaro insiste. – *Mataste* o teu pai?

– De certa forma. E você?

– Não tive pai pra assassinar. O meu nos deixou muito cedo. É grave, doutora?

– O pai é um mero símbolo. Pode ser uma mãe autoritária, um professor, um patrão, um tio.

– Meu tio é exilado.

– A afronta ao pai pode se direcionar à autoridade mais próxima ou, numa visão mais ampla, à ideologia do *status quo*.

– Mas a rebelião dos anos 60 é coletiva.

– Vamos considerar que no meio disso tudo havia uma espécie de gatilho freudiano pré-revolucionário, tá bom assim?

– Te saíste bem, guria – Álvaro bate palmas.

– Vamos problematizar – intervém Cau. – Nós somos minoria, uma vanguarda, entre aspas. A maioria dos estudantes é composta por uma enorme massa alienada que tá cagando e andando pra política e que nos ignora ou hostiliza, sem falar dos que são assumidamente de direita. Como é que fica o conceito freudiano no caso da magrinhagem?

– Imagino que, na melhor hipótese, eles encontrariam outra forma de desobedecer que não pela via política, talvez pela cultura ou pelas drogas, sei lá. Uma desobediência individual. Ou então, por fraqueza ou comodismo, decidem sublimar esse conflito, aceitar o mundo como é e, assim, irão reproduzir os valores que herdaram.

– Os filhinhos de papai – resume Alice.

– Serão reprodutores da ordem vigente, provavelmente bem-sucedidos, mas incompletos do ponto de vista psíquico.

Álvaro retoma a palavra.

– Tá bom, é possível que a rebelião dos anos 60 tenha um... Como é mesmo a palavra que tu usou?

– Me ocorreu gatilho.

– ...um gatilho freudiano, mas do meu ponto de vista tem muito mais a ver com a política e a sociologia. A gente tem que observar as coisas dentro do contexto em que elas se manifestam. Elas acontecem em um mundo em transformação em vários aspectos: científico, cultural, comportamental, ideológico. Vejam bem: Revolução Cubana, conquista do espaço, cibernética, matéria plástica, rock and roll, Beatles, Rolling Stones, Vietnã, Panteras Negras, Maio de 68, passeata dos 100 mil, que mais...

– Primavera de Praga – acrescenta Cau.

– Pílula anticoncepcional, queima de sutiãs, orgasmo clitoriano, verão do amor, *flower power* – Alice termina a frase com os dedos em V.

– *Nouvelle Vague*, Cinema Novo, festivais, teatro do oprimido, bossa nova... – agrega Rubem.

– Só não! – discorda Cau. – Existe coisa mais pequeno-burguesa que a bossa nova?

– As lutas de libertação e anti-Apartheid na África, o fim das longas ditaduras fascistas em Portugal e Espanha, as experiências socialistas no Terceiro Mundo – Álvaro acrescenta.

– Sem dúvida foi uma rebelião mundial e coletiva – concorda Valéria –, não ponho em dúvida.

– Aí vem o AI-5 – atalha Cau.

– O pai castigando o filho mal-educado – brinca Álvaro.

Valéria olha para Cau:

– Ele é bom mesmo.

– Te falei – intervém Cau. – Mas olha só. Nós estamos nesse caldeirão, mas não queremos só afrontar o pai ou o sistema, mas, pelo menos alguns de nós, substituir a ordem vigente e colocar o povo no poder.

– Vou falar uma coisa sobre a qual não tenho plena certeza – arrisca Valéria. – Podem me xingar, mas para o jovem rebelde, o fetiche de colocar a entidade “povo” no poder, falo do povo tal qual fantasiamos, puro, portador das melhores virtudes, não seria uma forma de substituir a autoridade paterna, com todas suas variantes, por um novo “pai” idealizado, o povo?

– Tu não acredita em luta de classes?

– A luta de classes é determinada por fatores econômicos. Marxismo básico. O comportamento humano é mais complexo do que seu lugar na luta de classes.

– Uau – reage Álvaro. – Essa me pegou. De qualquer forma, o mundo mudou. E a nós cabe aprofundar essa transformação.

– De certa forma, mudou para não mudar – contesta Cau.

– Não concordo. Querem ver um exemplo? Não vou nem falar de política, mas de cultura. O que havia de mais *establishment* do que o cinema norte-americano?

Cau cochicha no ouvido de Valéria:

– Alvus é cinéfilo. Vocês vão se dar bem.

– Em que pautas a indústria cinematográfica deles se agigantou? – questiona Álvaro. – Rubinho, tu que gosta de cinema.

– Faroeste, filme de guerra...

– Que mais? Valéria?

– Comédia, filme romântico.

– Isso aí. Vamos ver em que pé a coisa ficou. Faroeste: pode ser que o público jovem quisesse matar o pai "simbolicamente" – ele olha com malícia para Valéria –, mas não aceitava mais assistir caubói matando índio. Pelo contrário, muitos preferiam os índios matando os caubóis. Filme de guerra, muito menos, o pessoal odeia a guerra, vide o Vietnã. A malícia inocente das comédias hollywoodianas parece ridícula na nova ordem comportamental contestadora e atrevida dos anos 60. Filmes românticos? Os galãs de antigamente sonhavam em pegar na mão das mocinhas. Agora, querem ir pra cama com elas.

– E as mulheres dos anos 70 não se identificam mais com as heroínas casamenteiras do cinema americano – completa Valéria.

– O julgamento de vocês é muito severo – contrapõe Rubem. – O cinema americano tem obras-primas.

– Não discordo – comenta Álvaro. – Tô usando como exemplo das transformações. A tradição ia levando pro beleléu o glorioso cinemão americano, ponta de lança da dominação imperialista, isso se a esperteza dos produtores não reconhecesse que existe uma nova plateia. O que eles fizeram? Admitiram sua obsolescência e entregaram os estúdios aos jovens cineastas. Os filmes não seriam mais dos produtores, mas da criatividade dos novos diretores.

– Não é só os temas – argumenta Valéria. – Os filmes, em geral, com fantásticas exceções, tinham lição de moral e final feliz. O crime não compensa, os bonzinhos se dão bem e o *The end* determinava uma interrupção do filme e da vida. Uma coisa com começo, meio e fim pra todo mundo sair felizinho do cinema. Mas as novas gerações não querem mais lição de moral. Hoje, muitos filmes, os mais interessantes, têm final aberto.

– Detesto filme com final aberto – contesta Alice. – Acho uma sacanagem.

– Os jovens diretores vieram não mais pra colonizar o público, mas pra subverter o cinema e produzir reflexão – acrescenta Álvaro. – Contraditoriamente, isso salvou a indústria cinematográfica dos *yankees.*

– Outra coisa: os *losers* começaram a ganhar protagonismo – acrescenta Valéria.

Álvaro faz um gesto como se ele tivesse falado.

– Acho que o rango tá pronto.

Vai à cozinha e volta com o panelão fumegante.

– Acabou a cerveja, mas tem vinho na adega do coroa, fica num quartinho nos fundos da garagem. Fiquem à vontade.

Você vai me seguir/Aonde quer que eu vá/Você vai me servir/Você vai se curvar/Você vai resistir/Mas vai se acostumar

Ao som de Chico Buarque, a turma devora o panelão.

– Tá tribom – elogia Cau. – Um brinde ao cozinheiro.

Ao jantar, sucedem-se duas rodadas de canastra, agora com Gilberto Gil.

A Refavela revela o salto que o preto pobre tenta dar/ Quando se arranca/Do seu barraco/prum bloco do BNH

– Meu velho odeia as narinas do Gil – comenta Alice.

– Odeia a cor da pele dele – Álvaro corrige.

– É, mas fala nas narinas. Acha um acinte.

– Um pra digestão – Rubem ergue mais um de seus baseados.

– Só!

Agora, o ambiente sonoro é dominado pela voz possante de Mercedes Sosa, da famosa fita dos argentinos.

– Fico pensando que pais e mães nós seremos – Valéria retoma o protagonismo. – Sofremos a repressão na pele, seja do sistema ou da família, ou dos dois. E quando for a nossa vez? Saberemos educar os filhos sem repressão, mas com limites necessários para dar segurança a eles? Ou, em nome da liberdade que não tivemos, seremos pais e mães condescendentes, licenciosos, e criaremos filhos soltos para viver no mundo irreal do pode tudo?

– Por isso que eu não quero ter filhos – retruca Alice.

– Minha irmã tá grávida – anuncia Rubem. – Mora no interior, mas é uma mina politizada e tá com esse dilema na cabeça.

– Uau! Que barato.

– Menino ou menina?

– Ela só quer saber na hora, mas abriu uma enquete na família pra sugerir nomes. Me ajudem. Como chamariam seus filhos. Alice?

– Já disse que não vou ter filhos.

– Na hipótese de mudar de ideia?

– *No fucking chance.* Não nasci pra isso. Passo.

– Álvaro?

– Nunca pensei.

– Fala nomes que vêm à cabeça, sem pensar. Homem?

– Ernesto – ele menciona depois de alguma vacilação.

Cau ergue o punho:

– Comandante Che Guevara!

– É o nome do meu tio.

– Esse tio tá virando uma figura mítica.

– Se for mulher?

– Alfonsina.

Alice solta uma gargalhada:

– Ha, ha, ha, pobre criança.

– Como a música – ele aponta para o toca-fitas, onde Mercedes Sosa interpreta uma canção tristonha:

Te vas Alfonsina con tu soledad/¿Qué poemas nuevos fuiste a buscar?/Una voz antigua de viento y de sal

– Essa Alfonsina existiu de verdade? – Valéria pergunta.

– Foi uma poeta. Alfonsina Storni. Teve uma vida conflituada, um filho fora do casamento: *Yo quiero con mis manos apartar la maleza.* O poema se chama *La loba: Yo soy como la loba, Quebré con el rebaño, Y me fue a la montanã. Fatigada del llano.*

– Uau! Nunca vi o Alvus declamar. Nem aquela do Brecht, "Primeiro levaram as rosas..."

– Essa é do Maiakovski. A do Brecht começa "Um dia, vieram e levaram meu vizinho, que era judeu...".

– Esse cara corrige tudo! – reclama Alice.

– Alfonsina não se sentia confortável no mundo. Tinha crises depressivas, enfrentou um câncer de mama. Quando achava que havia se recuperado, viu que a doença tinha se espalhado. Um belo dia, entrou caminhando no mar. Tinha 46 anos.

– E o que houve com ela?

– Escuta.

No toca-fitas, *La Negra* canta o desfecho da tragédia:

Te vas Alfonsina con tu soledad/¿Qué poemas nuevos fuiste a buscar?/Una voz antigua de viento y de sal/Te requiebra el alma y la está llevando/Y te vas hacia allá como en sueños/Dormida, Alfonsina, vestida de mar

Valéria enxuga os olhos e murmura.

– Alfonsina vestida de mar. Que história triste. Bela e triste.

– Quem me contou foram os argentinos.

– Aqueles que não se deve falar sobre eles? – Alice provoca.

– Tem razão, tô falando demais. É o vinho.

Os cinco mergulham no silêncio. Valéria recosta a cabeça no ombro de Cau. Álvaro e Rubem mantêm-se cabisbaixos. Passados alguns minutos, Alice exclama:

– Chega de velório! Vai com Deus, Alfonsina. Que saco!

Álvaro pergunta a Cau:

– Ela é sempre assim?

Cau cantarola:

– *She's got a devil in her heart.*

– Hoje ela tá particularmente azeda – Valéria completa.

– Olha aqui, ó. Vão ver se eu tô na esquina!

Alice acende outro baseado, vai até o aparelho de som e substitui a fita K7 latino-americana. The Doors entram detonando.

You know that it would be untrue/You know that I would be a liar/If I was to say to you/Girl, we couldn't get much higher

Alice sacode o corpo, agita a vasta cabeleira ruiva para os lados e canta junto com Jim Morrison:

– *Come on, baby, light my fire. Try to set the night on fire.*

Quando o baseado volta pra ela, vai até Álvaro.

– Dá um pega aí, camarada Josef.

Ele recusa. Ela insiste.

– Só um peguinha, vai?

O aroma lembra o *patchouli* de Valéria, que está pensativa, aconchegada nos braços de Cau. Álvaro suga o baseado com sofreguidão, devolve a Alice e solta a fumaça.

– Bom menino o camarada Stalin. Nem tossiu.

Cau enfia o rosto no pescoço de Valéria, sussurra algumas coisas, ela ri, finge-se de ofendida, mas logo corresponde. Ele avança de boca aberta com a clara intenção de um beijo cinematográfico que ela aceita, um tanto encabulada.

Os sucessos aquarianos sucedem-se, enquanto os Navarro Correas e os Concha y Toro do pai de Cau são postos a pique. Ele vai ao frigobar do quarto de casal e retorna com uma garrafa gelada de vodca. Wyborowa!

No meio da sala, Alice e Rubem protagonizam uma performance de ombros, mãos soltas, olhares e sugestões lascivas. Nas músicas mais lentas, Valéria e Cau ensaiam alguma dança, que se transforma em abraços e beijos apaixonados.

Meio deitado na poltrona oposta, Álvaro se apossa da garrafa de vodca e acompanha a cena. A beleza de Valéria usufruída por Cau, a malemolência do corpo voluptuoso de Alice, como se tivesse molas nas articulações. Entra no ar o hino das legiões aquarianas.

When the moon is in the Seventh House And Jupiter aligns with Mars

Alice está possuída, chega-se a Rubem de costas, esfrega o traseiro contra ele, vira-se, beija-lhe a boca em pequenas doses. Álvaro serve mais uma dose de vodca. A mão de Cau enfia-se entre as pernas de Valéria, ela reage sem muita convicção.

This is the dawning of the age of Aquarius/The age of Aquarius

Alice grita, estridente:

– *Aquarius!*

Todos riem. Álvaro entorna outro copo. As visões se embaralham: a sobrancelha de Valéria, a investida de Cau, a bunda de Alice, o riso quase infantil de Rubem. Cau e Alice erguem-se do sofá e se encaminham romanticamente, de mãos dadas, para o quarto. O outro casal está em ponto de bala. Álvaro pega a garrafa de vodca e sai porta afora.

A noite é cálida e tão luminosa que seu corpo produz uma sombra bem definida na areia. No caminho cambaleante até a praia, entorna um gole considerável de vodca, como se fosse água. Sente uma tristeza confortante. A uns trinta metros do mar, tira a camiseta, estende sobre a areia e acomoda-se sobre ela. Gostaria de dormir ali, mas sabe que não conseguirá.

Passam-se alguns bons minutos e Alice aparece, saltitante.

– *Vamos a la playa*, camarada Josef.

Ele nega com a cabeça.

– Não vem, é?

Ela despe o vestido e corre em direção ao mar só de calcinha. Pula, ri, chuta e bate as mãos na água. Logo, o corpo curvilíneo com as gotas d'água como pequenas contas iluminadas pela lua cheia se reaproxima em passos sensuais.

– Tô chapadona.

– Então, já pro berço.

– Tenho uma ideia melhor.

Alice tira a calcinha, ajoelha-se ao lado dele e começa a abrir sua bermuda.

– Ei, ei, ei. Qual é, guria? Para, não tô a fim, pô.

– Não é o que parece – ela aponta para a traiçoeira ereção do membro, que pula da bermuda tão logo ela a desabotoa.

Alice ajeita-se sobre ele, que a essa altura perdeu a vontade de reagir. Fecha os olhos e sente adentrar firme e ereto em um espaço estreito e úmido. Feito o encaixe, Alice começa a balançar os ombros e serpentear os braços com suavidade, o rosto sorridente banhado de lua. Murmura em uma cadência de blues, entre suspiros.

– *When the moon, is in the Seventh House*... Aaah! ...*and Jupiter aligns with Mars*... aah! Me espera, viu?... *This is the dawning of the age of Aquarius*...

Ela esfrega a pélvis sobre ele para frente e para trás. Álvaro rende-se, inclina o tórax e lhe beija a boca salgada, os bicos dos seios salgados, apalpa o traseiro molhado, move os quadris, fazendo o corpo dela subir e descer. O embate adquire ritmo.

– *Golding living dreams of visions*... Me espera! Uff... *Mystic crystal revelation*... Aaaah... Me espera, por favor!

– Para de falar. Vou esperar, pô!

– *And the mind's true liberation*... Aaah... Me espe... *Aqua*... Aaaaah... *quariuuuuuuus!*

2. MANHÃ DE SOL

Pelo comportamento geral na manhã seguinte, ninguém percebeu o que houve entre Álvaro e Alice, e se alguém notou não deu maior importância. Mas todos notam a radical mudança de humor da ruiva. Ela ergue os braços:

– Sal, céu, cio, sol, sul!

– Imcosul – Cau complementa e dá uma risada.

– Mudamos da água pro vinho – celebra Valéria.

– Do vinho pra água salgada – Alice brinca.

– Que bom. Meio fim de semana tá salvo.

Estão todos na praia, à exceção de Rubem, que permaneceu no quarto gravemente prejudicado por uma ressaca dos demônios. Álvaro mira o corpo exuberante de Alice e sente um breve orgulho macho, logo soterrado por um incômodo constrangimento.

A praia está ocupada por crianças erguendo castelos de areia, por duplas de frescobol, guarda-sóis coloridos e banhistas de todas as idades firmemente dispostos a salgar o corpo e dourar a pele no solaço das dez da manhã.

Perto de onde eles instalam suas cadeiras e toalhas, um grupo de rapazes começa a organizar um jogo de futebol, marcando as goleiras com chinelos de dedo, quase todos de pés descalços, alguns calçando *tobilleras*.

Cau e Valéria ocupam as duas cadeiras de praia. Alice deita-se sobre a toalha.

– O que qui cês tão lendo? Val?

Ela mostra a capa vermelha com as letras em branco: *A arte de amar*, Eric Fromm.

– Tu é uma romântica incurável, Valzinha. Todo mundo a mil na *Revolução sexual*, do Reich, e tu ainda lendo o Fromm.

– Casualmente estou no trecho que diz: "Segundo Freud, a satisfação plena e desinibida de todos os desejos instintuais criaria a saúde e a felicidade mental".

– Apoiado!

– Pera! Olha só o que comenta o Fromm: "Os fatos clínicos incontáveis demonstram que os homens e as mulheres que dedicam sua vida à satisfação sexual irrestrita não alcançam a felicidade e muitas vezes sofrem graves conflitos ou sintomas neuróticos".

– Nessa polêmica, sou mais o camarada Sigmund. Cau?

– Ele mostra a capa do livro *Ditadura dos cartéis*.

– Sobre o quê?

– Trata da contradição entre o imperialismo e a burguesia progressista.

Sentado na areia, Álvaro finge que tosse.

– Burguesia progressista? Onde?

– Empresariado nacionalista fica bom pra ti?

– E tu, Josef?

– Eu fora!

Alice lê a capa do livro que ele tem em mãos:

– *Cien años de soledad*. Em espanhol! Presente dos misteriosos argentinos? Ops! – ela coloca as duas mãos sobre a boca.

Cau e Valéria deixam os livros nas cadeiras e se dirigem de mãos dadas para o mar. Alice deita-se de bruços, coloca as mãos para trás, desamarra o biquíni e aponta para um tubo verde de *Rayito de sol.*

– Ô, Josef. Passa nas minhas costas.

Álvaro acerca-se da ruiva, derrama algumas gotas do bronzeador sobre ela e sente que precisa dizer alguma coisa, mas não sabe o quê.

– Olha, Alice. Sobre ontem à noite...

– Uma troca de energias nota 8. Vou recomendar às amigas – ela lança um sorriso maroto.

– Falando sério, talvez a gente deva conversar pra que não fique nada...

– Faz o seguinte: espalha!

– Espalhar? Ô, Alice, não sou de ficar me gabando.

Ela solta outra risada.

– Não! Tô pedindo pra espalhar bem o bronzeador. Aliás, devia passar em ti também.

– Já sou bronzeado por natureza.

– Pra mim, não fosse o cabelo fininho e o olho claro, diria que tu tem um pé na cozinha.

– Todos nós temos. Em algum momento, algum ancestral nosso violentou uma escrava.

– Pode crê. E sem essa de *talking about last night*, tá? Me poupe. Qual é teu signo?

– Hein?

– Não sabe teu signo?

– O meu? Sagitário.

– Ascendente?

– Não faço a menor ideia.

– Se quiser, posso fazer teu mapa astral.

– Pra que serve?

– Pra uma pá de coisas. Pra pessoa se conhecer melhor,

pra orientar nas suas escolhas de vida, pra não entrar em fria. Amarra o biquíni aqui atrás, *please*, Josef.

– Podia parar de me chamar de Josef, né.

Ela fica de pé:

– Fernando Pessoa fazia mapa astral. Sabe quem é Fernando Pessoa, claro. "Navegar é preciso/Viver não é preciso".

– De fato, viver é um troço impreciso.

– Eu que o diga. Depois, me conta certinho o dia e a hora do teu nascimento que eu faço teu mapa astral. E de graça, agora que somos amiguinhos – ela ri, com malícia. – Vou buscar uma caipirinha. Quer uma, Alvinho?

Ele faz que sim. Ela caminha cinco passos e olha para trás:

– Tu não te apaixonou, né?

– Na-não – Álvaro responde, desnorteado.

Alice junta as palmas das mãos à altura do nariz e segue rumo à tenda de caipirinhas assoviando *Aquarius*.

Álvaro observa Cau e Valéria brincando na água. O casal perfeito, ele tem que concordar. Presta atenção em Valéria. Ao contrário do que a roupa folgada faria supor, o biquíni comportado revela que seu corpo miúdo tem curvas, sim: discretas, mas salientes. Sente-se esmagado por uma inveja insuportável do amigo Cau, da sua beleza, do seu cabelo, da sua namorada. Resignado, tenta voltar a García Márquez, mas o barulho da bola o atrai. Subitamente, ergue-se, estapeia o calção de banho para tirar a areia e se dirige aos rapazes que começam a separar os times.

– Tem *furo*?

3. Los Hermanos

Álvaro escuta um ruído de freio e pula da cama. Pela fresta da janela do quarto, no segundo andar da *República Popular da Sofia Veloso*, enxerga uma camionete Veraneio estacionar de qualquer jeito e despeja um grupo de sujeitos parrudos de roupas escuras. Os tipos se aproximam do portão da casa olhando para os lados e ele entende o que está acontecendo. Vira-se e sacode Rubem, que dorme na cama ao lado:

– Acorda, meu. Baixou a repressão! Estão atrás dos argentinos. Desce lá e dá um desdobre nos caras. Enrola o quanto puder.

– Hein? Como? O que eu vou dizer?

– Não quer ser ator? Atue! – exclama Álvaro, vestindo camiseta e calça de brim boca de sino em tempo recorde.

– E se me prenderem?

– Deve ser uma operação clandestina. Só querem o Paco e a Carla.

Álvaro ruma ao quarto dos argentinos, nos fundos do segundo andar. Encontra os dois despertos e assustados com a campainha que não para de tocar.

– *¿Qué pasa?*

– Vistam-se. Peguem suas coisas, só o essencial, os documentos, passaportes, dinheiro e venham comigo! Rápido.

Enquanto se arrumam, escutam gritos do térreo e passos barulhentos. Os três saem ao corredor lateral em direção à sacada dos fundos. Descem por uma escadinha metálica em espiral que leva ao pátio da casa. Álvaro sobe na churrasqueira de cimento e instala-se no topo do muro, com uma perna de cada lado. Dali, ajuda Carla a pular para a área de serviço de um edifício da Rua da República. Paco joga sua bolsa sobre o muro antes de transpô-lo. Álvaro vai juntá-la e vê o que parece ser o cabo de uma pistola. O argentino aterrissa e abraça sua companheira.

– Por ali! – Álvaro aponta uma porta entreaberta de metal e vidro que conduz ao interior do edifício.

Cruzam o corredor até alcançarem a entrada do prédio. Paco mantém a mão enfiada na bolsa que carrega a tiracolo. Na calçada, Álvaro tem uma fração de segundos para decidir. Se os policiais os viram pular o muro, certamente estão contornando a quadra pela Rua Lima e Silva e darão de cara com eles. O mais lógico é que seguissem pela esquerda em direção ao Parque Farroupilha, porém ficarão mais expostos. Opta por buscar refúgio no coração da Cidade Baixa.

Caminham a passos trêmulos e vagarosos em direção à esquina. Àquela hora o movimento é grande e barulhento. As lojas e bares começam a abrir as portas, pais levam seus filhos à escola localizada na quadra seguinte e um grupo grande se aglomera no ponto de ônibus. Paco segura a mão de Carla e mantém a outra mão no interior da bolsa de couro.

– Te controla, Paco. Não faz bobagem. Vamos devagar, se possível, tentem sorrir.

Os três atravessam a rua. Pelo canto do olho, Álvaro vê dois homens de roupa escura dobrando a esquina da Sofia Veloso. Parecem afobados. Um ônibus estaciona na parada, no meio da quadra, e encobre seu campo de visão. Álvaro apressa o passo. Torna a olhar e percebe com alívio que os agentes seguiram pela Rua da República em sentido contrário ao deles, na direção do parque. Vencem a primeira quadra. Entre os carros que trafegam em sentido contrário, enxergam o que parece ser uma camionete. Na placa da esquina está escrito Travessa Comendador Batista. Álvaro sente disparar um *flash* repentino. Valéria, na casa da praia:

Fiquei com o apê só pra mim, eu e uma gatinha amarela que achei na rua ainda filhote. Fica a duas quadras da pensão de vocês. Uma travessinha chamada Comendador Batista.

– Vamos por aqui – ele orienta os argentinos.

No pequeno trecho, não mais de uma quadra entre a República e a Sarmento Leite, existem cinco edifícios metidos entre alguns casarões antigos. Álvaro tenta o primeiro. Toca no botão correspondente ao zelador. A pergunta sai em forma de súplica.

– Estou procurando uma amiga chamada Valéria, uma moça que chegou de São Paulo há mais ou menos um ano.

– Aqui não mora ninguém com esse nome.

A procura é realizada com os nervos à flor da pele. Somente no terceiro prédio ele obtém a resposta confortante.

– 301.

Álvaro aperta o botão incessantemente. Já está desistindo quando houve a voz de Valéria

– Pois não?

– É o Álvaro.

– Que desespero é esse?

– Por favor, abre a porta. Abre logo!

Escuta o ruído eletrônico e empurra a porta. O trio sobe os três lances de escada aos pulos e encontra Valéria na entrada do apartamento, de roupão e toalha enrolada na cabeça.

– Eu tava tomando banho e...

Álvaro não a cumprimenta. Atravessa a sala, vai à janela, olha a rua e só então despressuriza.

– Que qui tá acontecendo?

– *Quédate aqui. Cálmate* – Álvaro diz a Paco e vira-se para Valéria. – Preciso da tua ajuda. Onde podemos conversar?

A jovem sente que algo grave está acontecendo.

– Vamos ao meu quarto.

Os dois seguem pelo corredor até a segunda porta. Ela diz:

– Imagino que sejam os famosos argentinos. O eles estão fazendo na minha casa?

– Deixa eu explicar. Aconteceu um troço grave. A polícia bateu na pensão. Consegui escapar com eles pelos fundos, viemos pela República. Quando vi a placa na esquina, lembrei que tu tinha me falado na praia o nome da travessa.

– Quer dizer: você trouxe dois estrangeiros perseguidos até a minha casa, com a polícia nas cercanias. Não pensou no problema que isso pode me causar?

Álvaro mostra as palmas das mãos.

– Calma. Quando estávamos vindo, vi que os caras saíram em sentido contrário, na direção do parque. Antes de entrar, olhei em volta, nada deles.

Valéria morde o lábio.

– Quem são? – aponta para a sala. – Preciso saber o risco que estou correndo.

– Foragidos da ditadura. Estão só aguardando uma tramitação burocrática para seguirem para o exterior.

– Preciso saber mais coisas.

Álvaro respira fundo.

– Paco participou de algumas ações pesadas, era visado pela repressão. Certa vez, ele e seu grupo... Enfim, não vou me perder em detalhes, mas ele se afastou dos montoneros em meio a um racha interno, isso ainda durante o governo da Isabelita. Quando veio a ditadura, já viu, né?

– E ela?

– Carla é companheira dele, mas não fez parte do grupo de uma forma orgânica. Era estudante e participava de ações nas comunidades, distribuição de panfletos, comícios relâmpagos, coisas desse tipo. Quando houve o golpe, como tu bem sabe, os militares desencadearam uma repressão feroz sobre os oposicionistas e os montoneros foram os mais visados, prisões em massa, torturas e assassinatos. Milhares. Paco e Carla escaparam por pouco.

– Qual a tua participação nisso tudo?

– Ô, Valéria.

– Quero saber.

– Meu tio tá exilado na Argentina, militou com o Paco. Quando a barra pesou, ele conseguiu mandar os dois pra cá.

– Como?

– Isso nem eu sei, juro. Sei que apareceram na casa da minha mãe, em Viamão, com uma carta do tio Ernesto. Ficaram lá uns dias, mas achei perigoso, porque obviamente a repressão conhece o antigo endereço do meu tio, então acomodei os dois na nossa *república*, até que a coisa se resolvesse. Fiz isso à revelia dos outros moradores. Eles não sabiam, achavam que eram artesãos.

– Devem estar furiosos.

– Olha, Valéria. Tem um esquema montado para mandá-los pro exterior, um troço envolvendo a secção de refugiados da ONU. Era pra ser rápido, mas tá meio demorado. Eles precisam ficar aqui umas horas. Um dia, no máximo. Juro que até amanhã eu resolvo essa bronca.

– A polícia pode andar por aí, fazendo perguntas.

– Não creio. Deve ser uma operação clandestina feita rapidamente pra não produzir muita confusão. Estou achando que, como deu errado, eles não vão ficar se expondo por aí.

– Isso você acha.

– Não sei mais o que te dizer.

– Bem, agora eu já tô envolvida até o pescoço. Qual é o plano?

– Tô pensando em algumas coisas.

– Obviamente, vão investigar os moradores da pensão e ficarão sabendo que foi você que abrigou o casal.

Álvaro baixa a cabeça.

– Eu sei. Preciso checar.

– Que loucura tudo isso. Tô apavorada, se quer saber.

– Segura essa? É uma questão de humanidade. Se pegarem os dois, já era.

Valéria suspira fundo.

– Tudo bem, Álvaro. Deixa eu me arrumar.

Ele retorna à sala. Paco e Carla estão sentados no sofá com rostos assustados. Uma gata amarela está de prontidão diante deles. Álvaro explica que eles ficarão ali até que se encontre uma solução. Quando Valéria aparece vestida para sair, ele a apresenta ao casal.

– Valéria é companheira de fé, de plena confiança, se não fosse assim, não teria trazido vocês. Aqui estarão em segurança.

Carla vai até ela e segura suas mãos.

– *Muchas gracias.*

Valéria não está plenamente à vontade.

– Olha, eu tenho prova na faculdade. Volto ao meio-dia. Tem pão, leite e alguma comida na geladeira. Podem ficar à vontade. A gata é mansinha.

Antes de sair, ela entrega a Álvaro um molho de chaves sobressalentes.

– Brigadão, Valéria. Olha, é fundamental que ninguém fique sabendo.

– Nem o Cláudio? Combinamos de ele vir à noite.

– Desmarca, não tem jeito.

– Você conhece a figura.

– Dá um desdobre. É pra segurança de todos, inclusive dele.

Ela faz que sim.

Assim que Valéria sai, Álvaro perde alguns minutos caminhando em círculos pela sala, até que se dirige aos argentinos.

– Fiquem aqui. Não saiam em hipótese alguma.

Quando deixa o edifício, Valéria está dobrando a esquina. Ele a segue pela Rua da República a uma boa distância. Pergunta-se por que está fazendo isso. Quer protegê-la, mas o que fará se algum policial a assediar?

Valéria caminha a passos nervosos, cabeça baixa, olhando para os lados a todo momento. Evita encarar os que vêm em sentido contrário. Teme que a qualquer momento alguém se aproxime, segure seu braço, dê voz de prisão e a empurre para dentro de alguma viatura. Um sujeito posta-se a seu lado.

– Não sabia que o Trans Olimpo passava por aqui – ele fala com uma voz que se pretendia galante.

– Hein?

– Trans Olimpo, o ônibus que transporta as deusas.

Álvaro percebe que alguém assedia Valéria. Apressa as passadas. Passa-lhe pela cabeça a ideia maluca que deveria ter trazido o revólver de Paco. O sujeito não parece policial, mas fala com insistência quase ao ouvido dela.

– Sabe que eu não acredito em Deus e não acreditava em deusas até te enxergar. Fiquei pensando: o que essa divindade está fazendo por aqui, a essa hora da manhã, alegrando o dia dos pobres mortais como eu?

A essa altura, ela já entendeu que o sujeito é apenas um boboca metido a conquistador.

– Dobrando a esquina, vou encontrar meu namorado,

que tem duas características. É ciumento e tem faixa preta de caratê. Acho bom não arriscar.

O tipo faz um sorriso sem graça e reduz os passos. Álvaro passa por ele e lhe dá um esbarrão.

Para Valéria alcançar a Lima e Silva é o ponto-chave. Dali, poderia seguir reto pela Rua da República em direção ao parque e dali chegar ao campus ou fazer o trajeto mais longo através da Lima e Silva, dobrar na Sarmento Leite e atravessar a perimetral, mas sua curiosidade está na Sofia Veloso, a rua em forma de cotovelo onde houve a batida policial. Ingressa nela com um misto de medo e excitação. Qual das casas será a famosa *república*? Olha para as sacadas e janelas. No terceiro sobrado, enxerga um rosto conhecido. Abana para ele. Rubem devolve um cumprimento nervoso e ela percebe.

Álvaro acompanha a estranha movimentação da garota. Por que diabos essa guria se meteu na única rua que não poderia entrar? Ele para na esquina e enxerga de longe a troca de cumprimentos entre a garota e o amigo. Repentinamente, os passos dela ganham velocidade. Quando julga que ela está segura, sente um alívio. Permanece alguns instantes examinando a situação. A Veraneio não está mais ali. Ainda assim, caminha com cautela. Da janela, Rubem lhe faz um sinal com o polegar para cima.

– Barra limpa! – ele grita.

Na sala, providencia uma reunião geral e pede relatos, mas já sabe que vai sobrar pra ele.

– Eram seis caras, entre eles um castelhano – começa Rubem. – Perguntaram sobre o casal, *la pareja, la pareja!*, gritava o estrangeiro, que parecia o mais exaltado. Me deram uma prensa. Fiquei enrolando, falei que tinham viajado por uns dias, que ninguém os conhecia bem, que não sabia como eles apareceram por aqui. Tô tremendo até agora. Adrenalina a mil.

– A gente não sabia de nada, saímos do quarto em meio à

balbúrdia – conta Ernani, estudante de Agronomia, uma espécie de gerente da casa, pois o aluguel está em seu nome.

– Ficamos meio apatetados, sem saber o que dizer – acrescenta Pedro, outro morador. – Sei que o Rubem deu um baita desdobre nos *ratos*.

– Só. Ele falava e a gente só concordava.

– Parecia um padre e um bando de sacristãos.

– Pode crê!

– Os *ratos* vasculharam tudo – conta Ernani. – Quando entraram no quarto do casal, aí se ligaram. Perceberam que os dois haviam saído há pouco e tiveram um chilique. Dois saíram à rua, os outros fizeram uma bagunça, reviraram tudo, levaram algumas coisas, livros, sabe lá mais o quê.

– Pediram os nomes dos moradores?

– Não, foi tudo muito rápido. O que parecia ser o chefe ficava apressando os outros. Não deu dez minutos e se mandaram. Na saída, o cara disse mais ou menos: pro bem de vocês, esqueçam o que aconteceu aqui.

– Não citaram o meu nome?

– Não.

– Tá, Álvaro, agora é tua vez – cobra Ernani. – Afinal de contas, que merda é essa em que tu nos meteu? Na real, quem são esses argentinos? Alguém aqui sabe?

– Mal falavam conosco – acrescenta Pedro, outro morador.

– Isso aí. Só davam trela pra ti. Tu falou que eram artesãos, mas nunca vi um colar de miçanga, uma pulseirinha que tenham feito. Pode nos explicar?

– Calma, pessoal. Não vamos louquear.

As manifestações de protesto prosseguem.

– Agora tá claro. Obviamente, são militantes fugidos da ditadura argentina.

– Que grau de militância?

– Pelo que se viu, não são café pequeno.

– Tu nos colocou em risco, cara! Não tinha esse direito.

Álvaro tenta contra-atacar.

– Chê, cadê a solidariedade internacionalista de vocês?

– Sou solidário à luta, mas tenho direito de saber no que estou me envolvendo.

– Bueno. Aceito a crítica, mas foi pela segurança de todo mundo.

– Ah, não fode!

– Era pra ser uma estada rápida.

– Rápida? Estão aqui há quanto? Dois, três meses!

– Eles têm uma ponte em... enfim, um esquema que vai mandá-los pra Europa. Já era pra ter acontecido. Só que tem uns pepinos a resolver, a organização está conferindo os dados, tem coisas de logística, de grana, e isso tá demorando mais do que o previsto.

– Não me convence – contesta Ernani.

– Olha aqui. Tudo bem, faço autocrítica. Quem são? O Paco é liderança dos montoneros, ou era. A Carla é estudante, só movimento estudantil. Não vou entrar em detalhes, mas posso dizer que enfrentaram uma barra muito pesada.

– Como vieram parar aqui?

– Qual é o teu envolvimento com eles?

– Tem coisas que não sei e outras que não posso falar por enquanto. Mas eles não voltam pra cá, não se preocupem. Estão em segurança provisória. Chê, quero agradecer a cada um pelo comportamento que tiveram. Sinto muito, não era pra ser assim.

– Tudo bem, tu nos deve essa, mas se a polícia veio aqui é porque alguém denunciou. Agora, o que vai acontecer?

– Presta atenção. Vamos ficar ligados. Talvez algum de nós sofra um atraque. Não acredito, porque essa foi uma ação clandestina, os próprios caras falaram pra vocês esquecerem o que aconteceu, não foi? Se ocorrer, o lance é se fazer de tonto. São hippies, artesãos, viajandões, o caralho a quatro. Outra coisa: a repressão pode grampear o telefone e botar gente vigiando a casa 24 horas por dia. Ninguém dá bandeira. Fumo, reunião política, gandaia, suruba, tudo suspenso até termos um quadro mais claro. Essa joça tem que virar um mosteiro franciscano, falou? Ernani, tu é o nosso comandante. Bota moral nessa catrefa. Olha aí! Tá na consciência de cada um, falou? Fui.

– Aonde tu vai?

– Resolver a encrenca.

Quando ele está saindo, Rubem se aproxima.

– Não adivinha quem passou por aqui um pouco antes de ti.

– Quem?

– A Valéria.

– Que Valéria?

– A namorada do teu amigo Cau.

– Ah.

– Não te faz de salame. Ficou aquele fim de semana inteiro secando a guria, pensa que eu não vi?

– Impressão tua.

Álvaro reaparece no meio da tarde no apartamento de Valéria carregando uma sacola plástica e uma máquina fotográfica pendurada no pescoço.

– Quer nos matar do coração? – exclama Valéria. – Pensamos que tinha sido preso.

– Quis ligar, mas não tinha o número daqui – Álvaro pega uma embalagem de tintura da sacola e estende a Valéria. – Pinta o cabelo?

– Por que eu pintaria?

– O teu não, o dela – ele aponta para Carla. A argentina arregala os olhos e põe as mãos na cabeleira loura.

– E você, Paco – Álvaro imita uma tesoura com os dedos

sob o queixo e entrega a ele um aparelho de barbear, creme, pincel e gilete.

– *No, no, no, no.*

– *Sí, sí, sí, sí!*

O reencontro na sala é divertido. Carla tem um acesso de riso ao ver o companheiro sem barba e de cabelo curto. Paco aponta para ela e pergunta a Valéria:

– *¿Quién es la morocha?*

Álvaro tira da sacola uma camisa branca, um paletó e uma gravata, e mostra a Paco.

– Veste isso. Agora vamos pra segunda parte do plano. Precisamos de um fundo branco.

– O quarto da Carmen – Valéria aponta para a primeira porta do corredor.

A sessão de fotos é a toda hora interrompida por Carla, que não consegue ficar séria vendo Paco sem barba e de gravata. Foi preciso tirá-lo do quarto para que ela se concentrasse. Após fotografar os dois argentinos, Álvaro pede:

– Estão com os passaportes?

Paco remexe na bolsa de couro e os entrega a Álvaro.

– Valéria, eles precisam dormir aqui. Amanhã trago os novos documentos. Como vocês querem se chamar?

Valéria acorda com um barulho na porta do apartamento. Olha o relógio: 6 horas. Veste o roupão e vai até a sala. Álvaro está diante dela com a mesma roupa da véspera, suado e com olheiras. Ela faz uma cara azeda. O rapaz aproxima o nariz do próprio sovaco e ri, sem jeito.

– Trouxe pão quentinho.

Paco e Carla aparecem no corredor, sobressaltados. Álvaro enfia a mão na bolsa de couro e retira dois passaportes.

– Aqui estão: Leonardo e Simone Guzmán. Dois jovens portenhos recém-casados passando a lua de mel no Brasil. Parabéns!

Os dois examinam detidamente os documentos. Valéria pede para olhar e vira-se para Álvaro com uma expressão de espanto.

– Você que fez? Estão perfeitos.

Álvaro sorri com modéstia.

– Arrumem suas coisas – ele pede e dá um longo bocejo. – Daqui a duas horas, sai o ônibus de vocês pra São Paulo. Quando desembarcarem lá, haverá uma pessoa de confiança esperando. Depois, eu dou as coordenadas.

– Dá tempo para um café – Valéria diz.

– Tô precisando.

Ela vai à cozinha, prepara o café, coloca os pães na bandeja e, quando volta à sala, encontra Álvaro dormindo no sofá, com a gata amarela aninhada em seu colo.

4.

1º de abril

O telefone toca insistentemente na *república* da Sofia Veloso até que alguém se digna a atender. Ernani, estudante de Agronomia, vai ao pé da escada e grita:

– Alvinho! Telefone pra ti.

Álvaro aparece no topo da escadaria, apressado, vestindo uma camisa:

– Só atendo se for a Sônia Braga de *baby-doll* me chamando.

– É o teu macho. Aquele bonitinho que faz meia contigo – o outro faz troça.

– Fala, Cau.

– Antes que eu me esqueça, manda esse engraçadinho aí tomar no cu dele.

Álvaro repassa o recado a Ernani, que reage unindo as pontas do indicador e do polegar em forma de círculo.

– Ele disse que vai pensar no teu caso. *Quiera más?* Fala logo, chê, que eu tô atrasado.

– Como assim. Não tá sabendo?

– Do que, especificamente?

– Baita alienado! O Geisel fechou o Congresso, apenas isso, sacou?

– Ah, primeiro de abriiiil. Tá me tirando pra otário?

– Primeiro de abril o cacete! Se não acredita, liga a porra do teu radinho de pilha, meu. Só se fala nisso. Te orienta, rapá, o troço é sério. Um golpe dentro do golpe. E numa sexta-feira, pra dificultar qualquer mobilização.

– Sério? Mas que nazista fia da puta.

– O pessoal tá chamando pra uma reunião aberta no DCE. Tô indo pra lá.

– Bueno, tenho que cumprir minha jornada de trabalho, mas logo que der, dou um desdobre no Alemão e me mando.

Às seis da tarde, horário que Álvaro conseguiu aparecer, o DCE fervilha num entra e sai de jovens cabeludos, vários de boinas, alguns barbudos, vestindo jeans, jaquetas de brim ou camisas de flanela, as garotas de batas, xales coloridos, com seus pescoços, pulsos e orelhas ornamentados com bijuteria artesanal. Alguns poucos negros ostentam cabeleiras *black power* estilo panteras negras. Murmúrios nervosos e exclamações indignadas, somados a vasto um repertório de palavrões, obrigam Cau, trepado em uma cadeira de fórmica, a usar um megafone para se faz ouvir.

– Companheiros! O golpe perpetrado hoje contra o povo brasileiro evidencia o caráter autoritário deste regime e desmascara as promessas de abertura do ditador Geisel. Voltamos a 68, companheiros! Nós já vimos esse filme e não gostamos nem um pouco. Cassações dos parlamentares mais combativos, censura, fechamento de entidades, repressão aos trabalhadores, milhares de jovens jogados à clandestinidade e perseguidos por uma repressão brutal, combatentes mortos, torturados, quadros políticos exilados. Esse é o saldo do AI-5 de 68 que a ditadura quer reprisar.

Alguém grita:

– Abaixo a ditadura!

Forma-se um coro que vai ganhando unidade:

– Abaixo a ditadura! Abaixo a ditadura! Abaixo a ditadura!

Cau espera a gritaria arrefecer:

– Só que agora, companheiros, eles não têm mais o milagre econômico pra anestesiar a classe média nem a propaganda ufanista pra engambelar o povo. O milagre foi pro brejo. O sonho do "Brasil grande" dos milicos virou pesadelo pra maioria da população, que sofre com a fome, a miséria, o desemprego crescente. A crise está batendo nas portas de todos, menos daqueles vendilhões associados ao capital estrangeiro. O resultado das últimas eleições mostra que o governo vem perdendo respaldo de forma acelerada, mesmo de setores que sempre o apoiaram. A crise está escancarada, companheiros. Ninguém mais acredita nas mentiras desse governo.

A fumaça expelida simultaneamente por dezenas de cigarros forma uma névoa densa e instala uma morrinha acre que contamina o ambiente, porém o olfato de Álvaro consegue captar um fiozinho do aroma que vem sendo seu bálsamo nos últimos tempos. Valéria materializa-se ao seu lado com um sorriso entre nervoso e excitado. Fica na ponta dos pés, não consegue distinguir o orador, mas parece reconhecer a voz, um tanto distorcida pelo megafone.

– É o Cláudio?

Álvaro faz que sim.

– Nós sabemos o que temos que fazer, companheiros. Enquanto os trabalhadores estão aprisionados pelos grilhões da ditadura, o movimento estudantil precisa assumir seu papel de vanguarda na luta pela redemocratização do país. Proponho, em nome da nossa corrente, a convocação de um grande ato público para denunciar o caráter ditatorial desse governo e para mostrar aos estudantes e à sociedade o buraco que o regime militar deixará ao país. Só assim, através da denúncia e da mobilização, estaremos dando concretude à luta pelas liberdades democráticas. Nosso indicativo é que o ato se realize na próxima terça-feira, ao meio-dia, pra dar tempo de mobilizar todas as faculdades e para que todos os diretórios se comprometam na convocação.

Cau vai até onde estão Álvaro e Valéria e recebe um beijo emocionado da namorada.

– Falou bem, chê – elogia Álvaro. – Só discordo de uma coisa: movimento estudantil não é vanguarda nem aqui nem na China.

Alice junta-se a eles, carregando uma pilha de jornais:

– Já viram o nosso jornalzinho? – e entrega a cada um exemplares do *Olha só a Pinta do Pinto.*

O desenho de 1º de abril ocupa toda a capa do "órgão do DAIU" e sobre ele a poesia escrita a máquina elétrica: *Primeiro levaram os comunistas, mas a mim não me importou porque eu não era. Em seguida levaram os operários, mas a mim não me importou porque eu também não era. Depois detiveram os sindicalistas, mas a mim não me importou porque eu também não sou sindicalista. Logo prenderam uns padres, mas como eu não sou padre, tampouco me importou. Agora levam a mim, mas já é tarde.* (B. Brecht)

– Esse poema não é do Brecht – Álvaro observa.

– Claro que é – rebate Alice.

– É parecido, mas não é. O do Brecht começa assim: "Um dia, vieram e levaram meu vizinho, que era judeu. Como não sou judeu, não me incomodei. No dia seguinte, vieram e levaram meu outro vizinho, que era comunista. Como eu não..."

– Foda-se! – ela protesta com impaciência. – Interessa a mensagem para atingir os alienados.

Álvaro lhe mostra as palmas das mãos, pedindo trégua.

– Tá bem, não tá mais aqui quem falou.

– Coincidência colocarem o primeiro de abril na capa justo quando o governo fecha o Congresso – comenta Valéria.

– Premonição revolucionária – brinca Alice. – Passei o dia distribuindo o *Pinto.* Tô precisando de uma cerveja. Proponho uma romaria até a Esquina Maldita.

– Vamos nessa.

– Chê, tô duro – Álvaro cochicha no ouvido de Cau. – A gráfica só paga na terça.

– Xa comigo.

– Depois te pago.

– Não esquenta. Considera um ato de distribuição de renda.

O quarteto ocupa a segunda mesa do Alaska.

– Quatro chopes, Isake! – grita Cau, e volta-se para Álvaro, à sua frente. – Quero discutir melhor essa questão da vanguarda. Vamos considerar que outros setores sociais, os trabalhadores, principalmente, têm mais dificuldade de se organizar, são mais visados pela repressão dentro das fábricas e pela legislação autoritária. Nesse momento, os estudantes, por terem mais facilidade de organização e mobilização, podem, sim, se constituir em vanguarda na luta contra a opressão, por que não?

– Se tu considerares uma vanguarda provisória, momentânea, eu até posso concordar. Esses dias eu ouvi numa reunião no diretório: vanguarda de substituição. Achei adequado. Mas essa transitoriedade deve ficar clara, pelo menos entre as lideranças, caso contrário incorremos num erro grave que pode nos isolar da luta maior da sociedade.

– Não sei por que o movimento estudantil não pode ser vanguarda – questiona Alice.

– Porque os estudantes, principalmente os universitários, vêm de uma classe social que não possui contradições históricas contra o sistema. De onde viemos? Da burguesia ou da pequena burguesia, não é meu caso, que tenho origem popular.

– *Working class hero* – Cau debocha.

– Ser da classe operária te faz melhor que nós? – Valéria provoca.

– Como pessoa, não. De qualquer forma, entrei na faculdade e, por assim dizer, ingressei na pequena burguesia, portanto, também tô nessa. Mas continuando. Quem vai afrontar e derrotar o sistema será o operariado organizado enquanto classe produtiva e explorada. Isso é marxismo básico, chê.

O garçom pousa quatro chopes na mesa. Alice esvazia o copo em dois goles e pede:

– Já traz mais, um Isake.

Valéria toma a palavra:

– Existe um abismo entre a vanguarda do movimento estudantil e uma grande massa dos estudantes que ou é refratária ou recém começa a se aproximar das entidades, concordam? Pensando nisso, lá no curso a gente criou um grupo pra discutir questões específicas da mulher na conjuntura.

– Já te falei que sou contra – atalha Cau. – Acho que é uma ação diversionista. Se a gente for dispersar o potencial de luta em temas particulares...

– E eu já te expliquei o sentido desse movimento.

– A princípio, eu fecho que o Cau – comenta Álvaro –, mas gostaria de ouvir teus argumentos.

– Vamos lá. Nós aqui, a vanguarda entre aspas, estudamos o marxismo, tô aqui há um ano e meio e já participei de dois cursinhos, nós discutimos a conjuntura política no diretório, temos clareza sobre a realidade brasileira e sabemos como age o imperialismo, enquanto a base tem apenas uma leve percepção do que está acontecendo, concordam? É o caso das gurias do curso. Já percebem contradições do sistema, mas ainda demonstram resistência ou desconfiança quando um de nós, portador iluminado das razões históricas, aparece pra dar aula de política com toda a arrogância que nos é peculiar.

– Tá exagerando – protesta Cau.

– Deixa eu terminar. Na minha opinião, as nossas lideranças estão deixando de lado as questões específicas dos estudantes, como currículo dos cursos, autoritarismo da reitoria, reforma do ensino, que mais? Preço do R.U.. Nesse contexto...

– As lutas gerais e específicas não são excludentes.

– Deixa eu falar, Cláudio. Pô! – Valéria protesta.

– Excludente? Que palavra pernóstica – Alice ri.

– Nesse contexto em que a ditadura está acuada é fundamental priorizar as lutas gerais – Cláudio insiste.

– Posso falar? – Valéria retoma a palavra. – Na minha opinião, estamos abandonando questões que possuem um enorme potencial de mobilização. Aí eu volto à ideia de criar um grupo feminista. Tá sendo um processo bem legal. Estamos discutindo Simone de Beauvoir, Alexandra Kollontai. Foi possível ter uma boa conversa sobre o Ano Internacional da Mulher. Conseguimos mobilizar as gurias até pra perspectiva de realizar trabalho de base nas vilas, para ver *in loco* a situação das trabalhadoras, sua dupla jornada, ou seja, dupla exploração, quem sabe despertar essas mulheres sofridas pra reivindicar políticas públicas de saúde, creches, mercado de trabalho e até, quando possível, temas mais delicados como a sexualidade, aborto, controle da natalidade, esse tipo de coisa. Isso é trabalho político.

– Não discordo, meu bem, mas tudo a seu tempo. No momento, a luta principal...

– Sei que é difícil falar sobre isso pros leitores do *Pasquim*.

– Apelou.

– Como é mesmo a frase do Millôr? Me ajuda, Alice.

– O melhor movimento feminista é o dos quadris, ou coisa parecida. Machista de esquerda é de última! Pra vocês é fácil. A mulher tem que botar batom, rouge, fazer as unhas, ir no instituto, escolher vestido, se depilar. O homem, basta passar um xampu e deu. Tô falando como metáfora.

– Lá vem ela...

– E mais quatro chopes! Penso em parar de me depilar, mas me sinto estranha com pelo no sovaco.

– Mas aceito a pauta colocada pelo Cláudio – Valéria reassume. – Lutas gerais. Vou dar um exemplo. Em muito breve, a luta pela anistia vai ganhar a principalidade, alguém duvida? E quem teve a clareza política de tomar a iniciativa da luta pela anistia? Quem criou o primeiro comitê pela anistia do Brasil? São mulheres militantes que participam da luta geral contra a ditadura, pelas liberdades democráticas, mas não esquecem que a mulher é duplamente oprimida e, por isso mesmo, o movimento tem claro que a luta feminista na sociedade brasileira é revolucionária. Pronto, terminei.

– Bravo, Valzinha – Alice aplaude. – Agora, vamos ouvir a voz do patriarcado. E aí, gurizes? Tu, Álvaro!

– Tudo a seu tempo.

– Quem sabe faz a hora – Valéria contesta.

– Só acho que a questão da mulher, como a dos negros, dos ecologistas, não se resolve no capitalismo. Só isso.

– Sei, primeiro a revolução, depois o resto – Valéria ironiza.

– Esperando, esperando, esperando, esperando o trem. – Alice brinca.

– Não é por aí, chê.

– E tu, Cau?

– Feminismo sem luta de classes é reacionário.

– Alguém aqui defendeu feminismo pelo feminismo?

– *Woman is the nigger of the world* – ele cantarola.

– Foi pro deboche. Sabia!

– Ah, eu não te trato mal, Valzinha, trato?

Ela reage com uma careta.

– Desisto.

– Falando em revolução e Beatles, acho a letra de *Revolution* reacionária.

– Como assim?

– *You'd better free your mind instead.* Ou seja, em vez de fazer revolução é melhor arejar sua mente. Quer coisa mais reacionária? Se é pra falar de política desse jeito, melhor não falar.

– Meio forçada a tua interpretação, meu camarada – observa Álvaro. – Concordo que é pacifista, chama mais à reflexão do que à luta, mas não acho reacionária.

– Concordo com o Álvaro – diz Valéria.

– Ah, é? E o que me dizem de: *Don't you know it's gonna be allright.*

– É ironia, chê. O próprio John fez músicas mais radicais, tipo *Power to the people*, aquela pra Angela Davis.

– As posteriores do Lennon são paulada, mas *Revolution* é reaça. Ponto. Vou fazer um desafio. Se a gente pudesse convidar um *beatle* pra estar conosco aqui na mesa, quem vocês escolheriam?

– Pode ser um *rolling stone*? – pergunta Alice.

– Outro dia. Hoje é os Beatles. Alvus?

– Pro bar, o Ringo. Pra reunião no diretório, Lennon.

– Sem chance. Ele vai querer trazer a Yoko junto.

– Pois eu adoraria conversar com a Yoko – atalha Valéria.

– A bruxa oriental?

– Por esse tipo de comentário é que eu gosto dela.

– Tô brincando, bem.

– Uma artista de vanguarda, que foge do padrão ocidental de beleza, que fez a cabeça do *beatle* mais cabeção e deixa os machistas desnorteados. Preferiam que ele se casasse com uma modelo sueca, aí tudo bem, né?

– E tu, Alice?

– Na hora de fumar um, o George.

– Não, o George é maconheiro? – Cau finge surpresa.

– Todos são, mas a música dele é mais viajandona, oferece milhares de sugestões esotéricas e a gente aproveita mais. Já experimentou fumar *um* ouvindo sitar? Além disso, é o mais bonito.

– Só não. Com aquelas orelhas de abano? – discorda Valéria. – O Paul é o mais bonito.

– Ah, é? Espera pra quando caírem as bochechas.

– Ha, ha, ha. As duas feministas escolhendo o *beatle* preferido pela beleza. O John é o mais politizado, mais sarcástico.

– O Paul é o mais talentoso disparado – avalia Valéria. – O que é *Band on the run*? Discaço!

– O George é mais misterioso, surpreendente – opina Alice. – O menos óbvio deles. E muito sacaneado pela dupla. Só deixavam ele colocar uma musiquinha no disco. Duas, no máximo. Aí, quando a banda termina, ele lança um disco triplo com uma música melhor do que a outra, tipo tapa de luva.

– Mas essa viagem dele com os Hare Krishna não dá pra aguentar – comenta Cau.

– Não vem falar mal dos Hare Krishna perto de mim – intervém Álvaro.

– O quê? Logo tu?

Álvaro faz uma cara de quem vai contar um segredo contra si mesmo.

– Vocês podem se deitar na minha cabeça, mas vou confessar. Já frequentei o templo deles.

– Jura! – reage Alice. – O revolucionário-modelo vestido de laranja cantando *hare hare*?

– Conta aí! – pede Cau.

– Tinha uns 18, 19 anos e era a fim de uma "devota".

– Rapou a cabeça, tocou pandeirinho?

– Não cheguei a tanto. Tava mais de olho na mina, mas achava tudo legal, uma gurizada trialegre, bem-intencionada, fiquei fã do Ravi Shankar e do George, por tabela.

– Que revelação. Como é que terminou o romance.

– Fiquei na mão.

– Na *palmita de la mano*?

– Depois, ela virou Rajneesh, aí larguei.

– Rajneesh era uma putaria – comenta Alice. – Aquele Osho era um tarado. Que nem os Meninos de Deus. Lembra, Val, daquela vez, a gente caminhando na Rua da Praia e um deles queria nos empurrar aqueles catecismos em forma de história em quadrinhos? Veio me oferecer um e eu detonei: "Sai fora!"

Valéria ri:

– Aí, ele ficou perseguindo a Ali, repetindo: "Mas eu te amo! Eu te amo!".

– Um escândalo. Todo mundo ria, eu não sabia onde me enfiar. O sacana queria me comer.

– Depois fui pesquisar – diz Valéria. – Os panfletos eram inocentes, mas, na vida real, Children of God é uma seita bizarra que prega o amor livre, sexo grupal, inclusive com crianças, e por isso mesmo atrai milhares de adolescentes.

– Faz sucesso entre os punheteiros.

– Tem um lema: "O diabo odeia sexo, mas Deus adora", uma coisa assim. Ou então, "Deus é amor e amor é sexo". Tem milhões de processos contra eles em todo o mundo. Só sei que quem entra, é difícil sair.

– Pior que a TFP? – pergunta Álvaro.

– Não sei. São duas formas de aliciamento com apelos completamente opostos. Uma atrai os jovens mais desbundados porque oferece a liberdade total especialmente quanto ao sexo. A TFP, que eu saiba, é uma estrutura rígida, quase militar, em cima de valores pra lá de conservadores.

– Vou contar uma história pra vocês – é Álvaro quem fala. – Um colega da gráfica, meu chefe, na verdade, tá processando a TFP por ter aliciado o filho. O guri, menor de idade, passou a frequentar uma academia de caratê perto do colégio dele. De graça, imagina. Aí, o meu colega começou a perceber mudanças no comportamento do filho. Matava aula, não saía do caratê e começou a não querer voltar pra casa. Ele foi investigar e descobriu que a tal academia era uma fachada da TFP. Sei que fizeram uma lavagem cerebral, o rapaz rejeitou a família e ficou completamente fanatizado, falava mal do comunismo, logo pro velho que é do *Partidão*, e se apresentava como um "escravo de Maria".

– Credo!

– É foda! Politicamente, a TFP é uma organização de conteúdo fascista que se sustenta nos valores cristãos mais reacionários e na crítica à suposta decadência da sociedade, corrupção, permissividade, anticomunismo, essas coisas que estão presentes no discurso da direita mais atrasada.

– Nesse caso – comenta Valéria –, me parece que o aliciamento pega mais o jovem inseguro, carente, mais inclinado à obediência do que à rebeldia, mas que almeja participar de algo grandioso, entre aspas. Imagino que devem trabalhar com esse aspecto.

– Por aí, chê. Bem o perfil do guri. Então eles formam um exército de robôs de cabeça feita pro que der e vier, da passeata com os estandartes monarquistas até confronto de rua, como já aconteceu. Eles se dizem católicos e andavam encostados na Igreja, mas parece que a CNBB deu um chega pra lá.

– É, mas os valores que propagam, tradição, família e propriedade, são os mesmos do sistema, então há uma tolerância em relação à TFP e aos escândalos de aliciamento.

– Tu analisa tudo, Val. Que mania!

– Então agora eu sou a chata.

– Tu é a coisa mais querida, mas não aguento mais taradinhos de Deus TFPuta-que-pariu! – decreta Alice. – O que acharam da assembleia? O Cau matou a pau, até rimou.

– Um cara da ultra quis me conchavar pra uma proposta de greve por 24 horas, parece que tem merda na cabeça.

– É da turma do quanto pior, melhor.

Cau assume o protagonismo.

– Eu concordo que a gente precisa romper o isolamento da sala de aula, dos corredores, das assembleias vazias.

– Foi o que eu falei – observa Valéria. – Fazer trabalho de base.

– Não discordo, mas o momento é delicado. Essa demonstração de força da ditadura na verdade é confissão de fraqueza. Esse governo vai cair, cedo ou tarde, então é hora de acirrar as contradições. Essa é a tarefa que nos cabe enquanto movimento estudantil. Tu não fala nada, Álvaro?

– Dizer que basta os estudantes saírem à rua pras massas se conscientizarem que são exploradas é uma falácia da ultraesquerda – ele contesta.

A conversa da mesa vai se misturando com as conversas do entorno. A universidade precisa funcionar como uma usina do saber. Um espaço de contestação à sociedade capitalista em todos os aspectos. O erro é considerar o trabalho cultural como secundário. Mas não basta derrotar os milicos. Se a gente quer revolução é preciso combater os valores da classe dominante. A diferença é que o movimento estudantil de 68 colocou como tática a derrubada do regime, enquanto hoje o nosso movimento é de resistência, mas sem perder de vista a revolução no horizonte. Ficou claro que quem dá as cartas é a linha dura. O assassinato do Herzog foi um divisor de águas. Eles não podem sair prendendo e torturando. Ah, é? E o Manoel Fiel Filho, e o massacre dos dirigentes do PC do B, em São Paulo?

– Isake! Duas porções de fritas e mais quatro chopes.

Cau retoma a palavra:

– Por outro lado, se formos a reboque do emedebê, estamos fudidos. Os liberais são companheiros de viagem, mas quando a coisa encrespa, eles pulam do trem. Os paladinos do liberalismo são os primeiros a defender golpe de Estado e ditadura militar. A derrubada desse regime só pode se dar através de uma revolução proletária. A tal via democrática infelizmente faliu com a experiência chilena, tu não acha, Alvus?

– Esquece, Cau, ele não tira o olho da Val – Alice comenta.

– Tô tentando decifrar as sobrancelhas dela.

– O que tem minhas sobrancelhas? – Valéria pergunta.

– São um tanto exóticas.

– Eróticas? – Alice solta uma gargalhada.

– Falei exóticas. Pô, Alice, não me compromete.

– Nunca sei se o correto é por ou pelas liberdades democráticas – Alice medita. – "Por" fica um troço aleatório, pode ser qualquer coisa. "Pelas" parece que são todas.

– Todas as que estão na cartilha da burguesia liberal, tu quer dizer?

– Acho que estamos dando muita bandeira.

– Chegaram as fritas.

– Pô, qual é, Cau? Se quiser botar ketchup nas batatas, bota nas tuas, não nas de todo mundo.

– Tô numas de parar de comer carne, mas ainda não tive coragem – anuncia Valéria.

– Frescura, Val – Cau contesta. – Acho um absurdo ser vegetariano num país em que a maioria passa fome.

– Agora tem fiscal de rango por aqui? – Alice debocha.

– É mais saudável – Valéria insiste.

– Mais saudável é comer qualquer coisa que alimente.

– Pensa bem, seu intelijudo, se eu parar de comer carne, vai sobrar mais pra quem passa fome, morou?

– Boa, Val, nos dedos, mas tu não tá comendo nada.

– Aprendi na macrô: pra boa digestão tem que mastigar 33 vezes.

– Trinta e três? Tá louca. Aí, todo mundo come com três mastigadas e não sobra batata pra ti.

– Não tenho paciência pra isso e faz mal pros dentes – Cau ironiza.

– Tá em quantas mastigadas? – Alice pergunta.

– Dezoito.

– Viu só? Marcou bobeira e acabaram as batatinhas.

– Não tô com fome mesmo.

– Sujou! Olha aquele cara de calça de tergal com vinco, sapato passo doble, leva-tudo de camurça, leva-tudo é de última, cabelo aparado, só pode ser *rato*. Ou da Reforma.

– Ha, ha, ha, boa essa.

– Acho que a gente dá dando muita bandeira. Vou nessa.

– Segura um pouco mais, Alvus. Vou chamar a saideira. Isake! Mais quatro chopes. E traz a dolorosa!

5. Festa na mansão

O telefone toca quando Valéria está secando o cabelo.

– Alguém pode atender?

Sentados no sofá, Cau e Alice assistem a um eletrizante capítulo da novela *Locomotivas* e não se mexem.

– Pô, valeu, hein – ela pega o telefone. – Alô?

– Oi, Valéria. É o Álvaro.

– Oi! Bom ouvir tua voz.

– Também. Tá um barulho estranho.

– É o secador. Pronto. Desliguei. Tudo bem?

– Tudo. Só tô ligando pra avisar que aquele esquema dos nossos amigos deu tudo certo, viu?

– Você tá falando dos...

– Eles mesmos – ele diz antes que ela prossiga.

– Bárbaro!

– Estão longe e seguros.

– Legal. Tô superfeliz.

– Pode crê. Tem um detalhe que tu vai gostar de saber, uma hora dessas a gente se encontra e eu te conto.

– Não, espera. Olha só, a gente tá indo pra uma festa. Vem junto, aí você me conta. Tô supercuriosa.

Álvaro recusa, dá mil desculpas, mas Valéria é insistente.

– Sem discussão. Dentro de uma hora a gente passa aí, né, Cláudio? – ela grita para o namorado.

– Né o quê?

– A gente passa pra pegar o Álvaro.

– É ele no telefone?

– É.

– Tudo bem. Só não entendi por que ele te ligou.

Ela ignora a observação.

– Então tá combinado.

Cau encontra dificuldades para estacionar o Passat diante de uma mansão no bairro Moinhos de Vento. Só consegue uma vaga a duas quadras dali. Cau e Valéria caminham de mãos dadas. Alice e Álvaro os seguem, ele vestindo uma camisa bordô com detalhes em amarelo.

– Joia essa camisa.

– Não tenho roupa de festa. Pedi emprestada pro Rubinho. Não espalha.

– Pobre é foda – ela ri.

– Eu que o diga.

– Bem que eu vi que não era o teu estilo.

– E qual é o meu estilo?

– Eu e a Val conversamos sobre o teu jeito desengonçado de caminhar, o cabelo desgrenhado, veste o que está à mão, esses dias tava com uma camiseta do avesso, se era estilo ou desleixo.

– Qual a conclusão?

– Eu disse que era falta de vaidade, mas a Val comentou que falta de vaidade é uma espécie de vaidade.

– Legal saber que estou nas conversas de vocês.

– A gente fala de tudo, papo cabeça, assuntos triviais, abobrinhas.

– Imagino que seja o meu caso.

– Não te deprecia. Olha, ainda não perdi as esperanças de fazer teu mapa astral.

Precedida por um jardim de gramado irretocável, a casa de arquitetura funcional anos 60 possui dois pavimentos e um janelão no térreo por onde se pode ver a balbúrdia instalada em seu interior, todos pulando ao som de *Daddy, dady coool.*

– Puta baia, chê! De quem é a festa? – Álvaro pergunta.

– Da Vanessa, uma guria da Filô. Ricaça, mas gente fina. Que nem eu, só que os pais dela são mais legais. Nessa época do ano, eles vão esquiar e ela toma conta. A título de informação, teve uma história com o Cau. Aliás, quem não teve?

Álvaro faz uma rápida pesquisa na memória e vem a gabolice de Cau: Vanessa, a devassa.

– E o povo?

– Gente do ME, um pessoal da cultura, boyzinhos, cocotas, maluquetes, desbundados, algum bicho-grilo, um ou outro reaça enrustido, uma fauna variada. A Vanessa é bem eclética.

Cau vai vencendo os grupos até encontrar a dona da casa. Os dois se abraçam de um modo um tanto exagerado.

– Vanessa, essa é a Val.

– A alienígena que tirou de circulação o gato mais cobiçado da cidade?

– Miau – ele brinca.

– Não foi difícil – Valéria entra no clima.

– A Alice tu conhece, né?

– Oi, Ali.

– Esse é o Alvus.

– Prazer, Álvaro.

– Uau! O famoso *working class hero,* filho de um guerrilheiro?

– Sobrinho – corrige Cau.

Álvaro lança um olhar de cobrança para o amigo, que faz um gesto displicente, como se o comentário da amiga não tivesse a menor importância.

– Bela camisa – ela diz. – Fiquem à vontade. Tem chope na saída pra piscina, vinho, uísque e vodca, na cozinha, e *otras cositas*, na garagem dos fundos.

A enorme sala tem um quadrilátero de sofás, com espaço ao centro para uma pista de danças, caixas de som nos quatro cantos e portas para a cozinha e o pátio, para onde Alice se dirige requebrando o corpo sem muito ânimo. Seus acompanhantes acomodam-se em um dos sofás. A um canto, o DJ coloca um disco no prato e mexe os botões para que o volume do ritmo se sobreponha à melodia.

Dreamer, you know you are a dreamer/Well can you put your hands in your head, oh no

Cau está inquieto. Olha para os lados, nervoso, até enxergar alguém que lhe faz um gesto.

– Vou ali fumar um – ele sai em direção à garagem.

Valéria aproxima o rosto de Álvaro.

– Você me deve uma informação.

Ele aspira o *patchouli.*

– Hein? O som tá muito alto.

– Sobre os argentinos.

– Nessa sonzeira, se eu for falar, vou ter que gritar, e aí não é um bom negócio.

– Vamos lá pra fora.

Valéria faz um sinal em direção ao pátio. Na passada, Álvaro pede um chope ao encarregado do barril.

– Um centímetro de colarinho. É homem pra isso? – provoca.

– Falou. Sabe tuuudo – reage o rapaz.

Em volta da piscina, grupos riem, discutem política e dançam com displicência. Valéria e Álvaro dirigem-se ao fundo do pátio, onde há uma espécie de caramanchão com um balanço de dois lugares.

Our love is like a ship on the ocean/We've been sailing with a cargo full of love and devotion

Os acordes de *Rock the boat* soam cada vez mais distantes.

– Agora me conta dos argentinos – Valéria está curiosa.

– Foi o que eu te falei. No fim deu tudo certo, já estão fora do país, o que mais tu quer que eu diga?

– Nem vem. Me arrisquei e tenho o direito de saber.

– Primeiro. Tua participação foi fundamental, senão íamos ficar zanzando sem saber o que fazer. Com eles em segurança, foi possível armar uma estratégia.

– Foi o dia mais excitante da minha vida. Aliás, foi a coisa mais importante que já fiz, pode ter certeza.

– Chê Valéria, tu não comentou com ninguém, né?

– Juro – ela sacode a cabeça. – Conta mais. Quero saber dos detalhes.

– Não tem muito mais a dizer.

– Não te faz.

Ele bebe um longo gole.

– Eu podia ficar me exibindo pra ti, posando de paladino, mas, na verdade, tava num mato sem cachorro, nem gato nem periquito. Não tinha a menor ideia do que fazer. Quem salvou a pátria foi o Alemão, o dono da gráfica onde eu trabalho, quadro do *Partidão*, anos e anos de prática nesse tipo de coisa. Foi ele que armou o esquema. Rapidamente, acionou uns contatos em São Paulo e conseguiu a grana pras passagens.

– E o lance dos disfarces?

– Achei um excesso de precaução, mas ele me convenceu que não. No fim, quando fomos à rodoviária, havia um cartaz na parede dos guichês: *Procurados*, com os retratos da dupla. Imagina o nervosismo.

– Barra. E os documentos? Ficaram perfeitos.

– Eu aprendi... – "com meu tio", mas não finaliza a frase. – Olha, tu não pode comentar com ninguém, viu? Senão, tô fudido.

– Nem precisava pedir.

– No fim, eles ainda ficaram um tempo clandestinos em São Paulo até conseguirem o status de refugiados. Acho que a operação policial na nossa *república* apressou as tramitações.

– E o que você falou no telefone que eu iria gostar? – Valéria está curiosa.

– Ah, sim. Recebi um telegrama cifrado. No final estava escrito: *saludos hermanita V.*

– Queridos.

Ficam em silêncio.

– Nunca estive num lugar assim – Álvaro olha para a casa.

– Como é que você se sente?

– Pergunta de psicóloga. Não vale.

– Falando sério.

– Tenho medo de beber e ficar que nem o Peter Sellers no *Convidado bem trapalhão*.

Ela dá uma risada gostosa.

– Quem bebia era o garçom, figuraça. A única vez que te vi bêbado foi na praia.

– Nem me fala naquela noite.

– Primeiro ficou falante e depois muito baixo-astral, credo.

– Em geral, fico mais divertido.

Os ouvidos de Valéria captam *When will I see you again*.

– Música de reunião dançante. Vem!

– Bah, dançar não é o meu forte.

Ela o puxa pela manga da camisa. Ele ainda consegue beber o resto do chope antes de se deixar levar até perto da piscina.

Valéria movimenta os quadris com graça, os braços estendidos para baixo, as mãos para os lados, girando, ergue os joelhos com leveza no ritmo da música. Álvaro mexe os ombros e tenta dar alguma coordenação ao resto do corpo. Ela ri, mas é um riso de incentivo, como se dissesse: tá bom, mas pode melhorar.

When will our hearts beat together?/Are we in love or just friends?/Is this my beginning or is this the end?

Aos poucos, ele se sente mais confiante, consegue até movimentar a cintura. Ao final, o refrão vai se repetindo e perdendo o volume até sumir.

– *Pas mal, monsieur* – Valéria sorri.

Álvaro faz uma mesura baixando a cabeça. Após um longo acorde de teclado, resplandece a voz de Paul McCartney.

And when I go away/I know my heart can stay with my love/It's understood

Os dois se olham e riem sem saber o que fazer. Cau aparece subitamente entre eles, coloca-se diante de Valéria e a beija, um beijo interminável, os corpos se entrelaçam em movimentos suaves no ritmo da declaração de amor de Paul.

My lo-ve does it good/Oh oh oh

Lentamente, Álvaro caminha de costas afastando-se deles em direção à casa. Na porta, reencontra a traquitana da chopeira, barril, serpentina e torneiras:

– Mais um, *brother*?

– Capricha aí, chê.

São dos poucos de pele escura da festa, no caso de Álvaro, uma escuridão clara, mas perceptível ao *brother*.

– De qual biboca tu veio?

– Viamão, mas agora tô morando na Cidade Baixa. E tu?

– Restinga, mais ou menos onde o diabo perdeu as meias, que as botas já tinha perdido há muito tempo.

O DJ ataca com *Superstition*.

– E a gata? – o chopeiro aponta para Valéria, faz um bico e chupa o ar.

– Qual é, rapá? Fica na tua.

– Como é que tu veio parar aqui.

– Fui convidado.

– Tá melhor que eu, que tô aqui trabalhando.

– É, mas no fim da festa, tu bota um dindinho no bolso e eu não.

– Mas não posso beber.

Álvaro vê Cau passar por ele, agitado.

– Qual é? Vai dizer que não bebe um chopinho escondido.

– Não posso. Sou dos que não sabem parar.

– E pagam bem?

– A garota é peldu.. perdru..

– Perdulária.

– Nunca aprendo. Isso. Mão aberta! Adora gastar a grana do coroa.

Álvaro entorna o chope.

– Mais um?

– Bem tirado. Profi é outro departamento.

– Sabia que essa rapaziada aí é tudo comunistinha?

– Todos, acho que não – Álvaro bebe o chope em longos goles.

– São sim, vai por mim. Fico escutando os papos. Comunistas e filhinhos de papai. Esquerda festiva, se diz. Acho que só tu e eu não temos pai rico.

– O meu é milionário.

O *brother* cai na risada.

– Preciso mijar, urgente – avisa Álvaro.

– Tem um *wanderlei cardoso* logo na entrada da baia e outro no segundo andar. Em situação de aperto, sobra o pátio.

Álvaro atravessa o salão esbarrando na turma que saracoteia na pista, mas a fila do primeiro sanitário é desanimadora.

Elton John entra rachando: *Don't go breaking my hearth.*

Permanece ali por uns bons minutos. A fila não anda. Parte para a segunda opção. Esgueira-se até a escada no fundo da sala, que já funciona como um tipo de arquibancada.

U-hu! Nobody knows it

Para subir precisa pedir licença, usar o corrimão e cuidar pra não pisotear as pessoas sentadas nos degraus. Alcança o corredor do andar de cima, a bexiga estourando, e depara-se com outra fila. Conta: três rapazes e cinco moças a sua frente.

Agora é a vez dos californianos:

Ooh-wa, listen to the music/Ooh-waaaaaa

Álvaro espera a sua vez contorcendo-se, contrai o estômago, finge que dança, puxa assunto com o cara da frente para se distrair. Sente-se o próprio ator indiano interpretado por Peter Sellers no filme de Blake Edwards. Começa a temer um fiasco monumental. Então enxerga Cau e Vanessa saírem de um quarto ao fim do corredor, sorrisos cúmplices que não deixam dúvida sobre o que acabou de ocorrer.

– A devassa e o sacana numa rapidinha, ele murmura.

– Hein? – pergunta o sujeito da frente.

– Nada, não – e vira o rosto para a parede quando os dois passam por ele.

Então tem um palpite e agarra-se a ele. Pela posição da porta em relação ao corredor o quarto é grande. Altas probabilidades de ser a suíte do casal dono da casa, o que significa que pode haver um banheiro acoplado.

– Segura o meu lugar – pede ao rapaz.

Bingo! É uma suíte enorme do tamanho de uma cancha de futebol de salão, ele calcula com algum exagero. Vê a cama desarrumada, um closet maior do que seu quarto na *república* e, aleluia, uma porta entreaberta com azulejos brancos ao fundo.

Na volta, agradece ao rapaz da fila e confidencia.

– Tem um WC lá dentro.

O rosto do outro se ilumina.

Resolvida a emergência, está de volta à festa sob os riffs de guitarra que anunciam *Smoke to the water*. Caminha com leveza em direção aos barris.

– Conseguiu? – o *brother* capricha no colarinho de um centímetro.

– Aos 45 do segundo tempo. Saúde!

Refugia-se no caramanchão. Ao sentar é abençoado pelas notas sonoras e redondas de Carlos Santana: *Samba pa ti*. Recosta-se no banco e fica por ali por um bom tempo, uma hora ou duas, de onde pode escutar a música e observar o que acontece no pátio, com intervalos para reabastecer o copo.

Álvaro distrai-se tentando enquadrar as figuras que desfilam a sua frente nas categorias mencionadas por Alice. O rapaz de camisa branca com babados nas mangas, lenço exagerado no pescoço e calça azul-clara justa até o joelho, dali abrindo-se para uma boca de sino descomunal, seria um boyzinho ou um descolado? A garota de minissaia brilhante e botas brancas acima do joelho só pode ser uma cocota. O cabeludo de camisa estampada e calça Lee com uma grega na lateral poderia se enquadrar na turma dos militantes, mas o medalhão pendurado no peito o transfere para a turma dos reaças enrustidos.

Lá pelas tantas, a brincadeira cansa. Álvaro se pergunta o que, afinal das contas, está fazendo ali. Ele, cuja ideia de festa é um galeto dançante do salão paroquial, metido numa mansão construída à base da exploração capitalista, na qual reúnem-se nessa noite de meio de semana várias tribos contraditórias – um verdadeiro mural da juventude pequeno-burguesa – que se alienam de suas especificidades enquanto tribo para compartilharem música alta, boca-livre e expectativas variadas. A insistência de Valéria para que ele os acompanhasse lhe despertou algum tipo de expectativa? Não preferiria ter ficado na *república* lendo o estupendo *Operación masacre*, de Rodolfo Walsh, legado dos argentinos?

Após o embate com a devassa no segundo andar, Cau parece dedicar atenção exclusiva a Valéria. Vão e voltam da pista à piscina, dançam, beijam-se e trocam risos, às vezes se desentendem.

Álvaro já nota no entorno várias figuras em estado de pré-embriaguez.

– Daqui a pouco começam a se jogar na piscina – anuncia o *brother* ao servir mais um.

Na pilotagem de pratos e controladores eletrônicos, o disc-jockey se esmera: *Year of the cat, Ando meio desligado, Young americans, Sangue latino, You're so vain, It's a harteche, Preta pretinha, Aqualung, Walk on the wild side*, músicas que Álvaro escuta em seu radinho de pilha, quase sempre sintonizado na Continental. Quando o DJ sente que a festa está ficando chocha, apela aos Rolling Stones. Não tem erro.

No caramanchão, Álvaro toma a firme decisão de dar o fora, mas enxerga Valéria e Alice vindas da sala, sem Cau, e muda de ideia, animado pela ideia de passar mais um tempo com a pequena de sobrancelhas grossas que exala *patchouli*.

– E aí, curtindo a festa? – ela pergunta.

– Não conheço ninguém, então fico observando. Mas já fiz amizade com a classe trabalhadora – aponta para o *brother* do chope. – E tu?

– A cada dez passos tropeço numa ex do Cláudio.

Álvaro aperta os lábios. Volta a imagem de Cau e Vanessa saindo do quarto.

– Cadê a figura?

– Deve andar pelo fumódromo.

– Essa festa tá bem mais ou menos, não acham? – exclama Alice, impaciente. – Nota seis e olhe lá.

Valéria torce o nariz.

– Vim mais porque o Cláudio insistiu, mas sem grande expectativa.

Alguém cai na piscina, sob vivas e gargalhadas da multidão. O DJ está inspirado.

Gitchie, gitchie, ya-ya, da-da/Gitchie, gitchie, ya-ya, here/Mocha Chocolata, ya-ya/Creole Lady Marmalade

Cau junta-se a eles, as roupas fedendo a maconha. Bem no momento do refrão, ele sussurra no ouvido de Valéria:

– *Voulez-vous coucher avec moi, ce soir?*

Álvaro afasta-se do grupo incomodado com a desfaçatez do amigo. De súbito, tem uma visão de relance e sente um arrepio. Uma jovem alta, cabelos loiros e curtos, mais esfuziante do que na foto do recorte de jornal. Ele dá alguns passos para se certificar. Então, se detém a uma boa distância, sem conseguir tirar os olhos da garota, invadido por sentimentos confusos. Ela percebe e incomoda-se com o assédio visual do estranho. Dirige-se ao seu acompanhante como se pedisse providências. Este franze o cenho e vai decidido em direção a Álvaro. É tão alto quanto ele e um bocado mais parrudo.

– Algum problema?

– Vários, mas nada que te diga respeito.

– Reparei que tu não para de olhar pra minha namorada.

– Natural, chê. Ela se produziu, foi ao cabeleireiro, fez as unhas, colocou um vestido chique, brinco, colar, caprichou no batom. Imagino que fez tudo isso pra ser observada, não parece lógico?

– Ora, veja. Temos um engraçadinho por aqui. Trabalha na casa, negrinho?

– Não é da tua conta.

– Vamos fazer o seguinte – o parrudo espeta o dedo várias vezes no peito ossudo de Álvaro. – Tu vai procurar a tua turma e fica longe da gente, falou?

Álvaro afasta a mão do outro com um movimento brusco. Os dois quase encostam os narizes.

Cau vem em socorro.

– O que foi pessoal, que estranheza é essa?

– Esse merda aí tá há horas secando a minha namorada. Se a pinta não sumir da minha frente vou encher ele de porrada.

– Ô, ô. Deixa disso. O meu camarada é da paz.

– Não esquenta, chê – Álvaro usa a ironia. – Eu confundi a moça com uma pessoa conhecida. Uma parenta.

– Parenta? – o parrudo exclama, com ódio. – Ora, vai te enxergar!

Álvaro e Cau retornam à companhia das garotas.

– O que houve? – Valéria quer saber.

– Nosso amigo aqui quase levou um laço.

– Um mal-entendido – Álvaro explica.

Da piscina, os *splashes* se multiplicam. A conversa entre os quatro prossegue, morna. De uma hora para outra, a festa é incendiada pelo sotaque estridente e convidativo de Amelinha.

Quantos aqui ouvem, os olhos eram de fé/Quantos elementos amam aquela mulher/Quantos homens eram inverno, outros, verão/Outonos caindo secos no solo da minha mão

Sou inverno ou verão, Álvaro se pergunta.

Cau e Valéria saem pulando rumo ao salão.

Álvaro volta-se a Alice.

– Me conta, chê, tu que conhece todo mundo, quem é aquela garota? Aquela bonitona, alta?

– A de vestido roxo? Cristina ou Cristiana, entrou no meu curso agora. Só conheço de vista, mas sei que é filha de uma Miss Brasil ou coisa parecida. Por que, tá interessado?

– Tu me acha parecido com ela?

Alice solta uma gargalhada.

– Pirou na batatinha?

– Deixa pra lá. Tô te achando meio devagar.

– Uma fase mais meditativa, digamos.

– Isso é bom?

– Não é bom nem ruim. Vou dar uma banda.

– E eu, buscar um chope.

Não busca. Despede-se do *brother* e sai porta afora da mansão ouvindo das caixas de som uma alentadora previsão do tempo.

Amanhã será um lindo dia, da mais louca alegria/Que se possa imaginaaar

– Porra nenhuma! – Álvaro pragueja pra si mesmo, acossado por uma barafunda de sensações que lhe acompanharão na longa caminhada até a Cidade Baixa.

Entra no quarto na ponta dos pés, troca de roupa com cuidado para não acordar Rubem, mas o excesso de chopes o deixou um tanto estabanado e barulhento.

– Como foi a festa? – ouve uma voz sonolenta vinda da cama ao lado.

– Não sei o que dizer, mas tua camisa fez sucesso.

– E a patota?

– Cau no jeitão dele, sacumé? Dono do campinho. A Valéria, des-lum-brante, mas a Alice, a dez por hora.

– E tu?

– Fiquei bebendo.

– Emocionante – o outro ironiza.

Álvaro deita-se e, depois de alguns segundos, murmura.

– Vi minha irmã.

Rubem vira-se para ele.
– Não sabia que tu tinha irmã.
– Vamos dormir que amanhã tem trampo.
– Agora já é amanhã.
– Boa noite.

6. A Noite dos Segredos

Ao chegar à parada do ônibus que o levará a Viamão para visitar a mãe, Álvaro alisa os bolsos e se dá conta que esqueceu a carteira no quarto. Volta ao sobrado da Sofia Veloso com pressa para não perder o ônibus das duas. Aos sábados, os moradores viajam para o interior e a *república* fica às moscas. Ele sobe as escadas de dois em dois degraus e quando abre a porta do quarto tem uma surpresa. Rubem e um rapaz estão nus, engalfinhados sobre a cama. Álvaro olha de relance e logo desvia os olhos. Busca a carteira na gaveta da cômoda, mostra aos dois sem encará-los e sai apressado.

A cena a que assistiu irá se reproduzir o tempo inteiro em sua mente durante o fim de semana.

– Tá preocupado, meu filho?

– Nada não, mãe. Uma coisa que eu vi na pensão e não entendi muito bem. Notícias do tio?

– Chegou uma daquelas cartas estranhas. Quer ler?

– Isso quer dizer que ele tá bem, mãe.

Álvaro retorna à *república* no início da noite de domingo. Rubem está na sala conversando com outros moradores que chegam de viagem.

– Tudo bem? – ele pergunta.

– Tudo.

– Uma cerva na Esquina?

– Bah, tô meio bodeado.

– Precisamos conversar. Melhor que seja hoje.

Os dois estão sentados a uma mesa de canto no Mariu's.

Rubem quebra o silêncio.

– E então? Chocado? Estarrecido? Embasbacado?

– Algo assim.

– Se eu estivesse com uma menina, tu ia achar o máximo: pô, o Rubinho se dando bem.

– O que tu queres que eu diga? Nunca me passou pela cabeça...

– Então, não prestou muita atenção em mim, mas vou te falar um troço. Na real, foi bom que isso aconteceu porque me obrigo a tomar uma decisão que venho adiando há horas. Esse aqui é um novo Rubem, viado. Muito prazer, ele estende a mão.

– Vai assumir assim, sem mais nem menos?

– Tá mais do que na hora.

– Imagino que deve ser uma barra.

– Barra é não assumir. É viver uma vida de mentirinha, fingindo ser outra pessoa, como fiz até agora, incorporando um personagem, rindo de piada de bicha, se policiando o tempo todo, achar um cara gostoso, mas não poder ficar olhando, muito menos dar em cima.

– Barra eu digo no sentido de que é preciso coragem. Muita gente não tem. Imagino que muitos vivem essa farsa a vida inteira. Fiquei meio sem jeito, mas, na real, me abri pra ti.

O outro sorri. Bebe um gole de cerveja e começa a falar algo que soa meio épico.

– Vou te explicar a minha jornada. Primeiro, é preciso ter coragem pra gente mesmo. Ter certeza, saber que é uma viagem sem volta. Isso eu já fiz há um tempinho. Assumir libera as portas ao desejo. Se eu te contar o que fiz nesse período em nome do desejo. Pornochanchada na sessão da tarde, escurinho do cinema, trocas de olhares, sentar junto com estranhos, mãos atrevidas, ajoelhar no banco, escapada no banheiro. Quer que eu te conte?

– Não precisa.

– Depois, assumir perante a família, mãe, irmãos, amigos. O que vão pensar? Tu, por exemplo, um cara que eu admiro pra cacete. Penso: como é que o Álvaro vai me ver daí pra diante?

– Tá me perguntando?

– Não, mas pode falar.

– Tu é meu amigo, e não muda nada. Bom, primeiro, pinta uma estranheza, mas depois...

– Essa é a segunda coragem. Enfrentar a, como é a palavra que tu usou? A *estranheza* dos amigos, dos parentes. Se for só isso tô no lucro. As pessoas vão me respeitar? E isso é pro resto da vida, não tem volta. De certa forma tu precisa começar tudo de novo, assumir uma nova postura perante os outros, achar um outro lugar no mundo.

– Imagino.

– Isso implica em ser observado sem querer ser. Olhares, piadinhas pelas costas, quando não a afronta direta, a humilhação, o xingamento. Daí, pra algum louco machista mal resolvido te dar uma surra numa rua escura é um passo. Lembra aquela vez que eu apareci todo machucado?

– A noite do assalto?

– Não foi assalto, mas vou te poupar dos detalhes sórdidos.

– Tua família sabe?

– Só a minha irmã, por enquanto. Aliás, já ganhou nenê.

– Parabéns, titio.

– É um guri. Adivinha o nome. Ela aceitou a minha sugestão. O piá se chama Álvaro.

– Pô, Rubinho, assim tu me deixa sem jeito.

– Um brinde ao Alvinho. Agora fala de ti.

– Sou heterossexual. Por enquanto – graceja, mas Rubem quer saber de outra coisa.

– Aquele lance da tua irmã. Conta aí.

– Deixa pra lá, não sou muito de falar das minhas coisas.

– Não vem. Tu tá louco pra falar que eu sei?

Álvaro pede outra cerveja.

– Vou te contar uma coisa que normalmente não falo pra ninguém e dá a ideia da dimensão do drama da minha vida. Escuta só. Minha mãe era adolescente, no interior, trabalhava em uma fazenda e foi seduzida pelo filho do patrão, talvez estuprada, tenho pesadelos com isso o tempo todo. A mesma história de sempre, o cara fez valer a sua supremacia de classe e de raça pra faturar a empregadinha, como acontece nas melhores famílias.

– Bah, não sabia.

– Fizeram de tudo pra que ela abortasse, mas minha mãe, de família muito católica, aguentou o tranco, se refugiou na casa da minha avó, foi perseguida, ameaçada. Barra pesada. Se não fosse o meu tio ir até lá e peitar os caras não sei o que tinha acontecido. Então, esperaram eu nascer, deram uma grana e mandaram ela sumir do mapa. Esse é o nobre relato da minha vinda ao mundo.

– Barra! E a irmã? Quando tu falou naquela noite, depois da festa, vi que tu ficou meio impressionado.

Álvaro não sabe se quer ir muito adiante com a conversa. Bebe alguns goles de cerveja, em silêncio.

– Se não quiser falar, tudo bem.

– Por um acaso, fiquei sabendo o nome do cara.

– Teu pai.

– O cara que se aproveitou da minha mãe. Pai é outra coisa.

– Desculpa.

– Esse sujeito é muito rico, herdou uma fazenda e formou um império, latifundiário, tem indústria de soja, tá produzindo fertilizantes, o escambau. É casado com uma que foi rainha das piscinas ou coisa parecida, figurinha carimbada das colunas sociais. Seguido aparece fotos dos dois em Punta, em Gramado, no Jockey Club, esse circuito da grã-finagem.

– E tu acompanha.

– Não acompanho especificamente, mas pô, abro o jornal e me deparo com isso a toda hora. Numa dessas apareceu a foto da guria. Deve ter agora 18, 19 anos.

– Aí a curiosidade bateu.

– Eu me acostumei com a ideia de um pai biológico sacana, filho da puta, escroto, aproveitador, capitalista selvagem, e o único sentimento que posso ter em relação e ele é desprezo. Isso tá bem resolvido na minha cabeça, juro. Mas essa guria é uma novidade, uma coisa estranha e não sei bem como lidar com isso. Na noite da festa, enxerguei a mina por acaso e não consegui tirar os olhos dela, fiquei vidrado. Foi tão explícito que ela mandou um cara me intimar, um forçudo, quase levei um pau.

– O que tu pretende fazer?

– Nada.

– História.

– Fazer o quê? Vou chegar pra mina e dizer: não leva a mal, guria, mas vou te contar um segredo. Tu tem um *hermanito*, só que ele é pelado e meio crioulo. Euzinho aqui. Tá bom pra ti?

Os dois caminham de volta para a *república*. De repente, Rubem se mostra frágil.

– Não me acha uma aberração?

– Que é isso, faixa? Tu é meu camarada pro que der e vier.

– Então me dá um abraço.

Um automóvel passa por eles. Um sujeito grita:

– Vai comer ou quer que embrulhe? Por que não vão prum motel, seus viados?

Rubem segura ostensivamente a genitália e grita:

– *Mama en la cuebra!*

Dá uma risada e volta-se para Álvaro.

– Esse é o meu mundo agora.

– Bueno. O que eu posso fazer por ti, sua bichinha?

– Espalha.

– Não sou fofoqueiro.

– Tô te pedindo. Espalha. Conta pra todo mundo, pro Cau, pra Ali, pra Val, pros guris da *república*. Vai me poupar de ficar dando explicação. E não te preocupa que eu não vou pular na tua cama de noite.

– Ué, por que esse desprezo? Por acaso eu sou de jogar fora?

– Tu não faz meu tipo. Tô mais ligado em garotos bonitos e descolados, e não chega a ser o teu caso. Talvez quando eu enjoar deles... Mas aí tu já terá conquistado a Valéria.

– Ô, ô, Rubinho. Que é isso? Eu fora!

– Tu baba por ela, vai negar?

– Não me bota em fria.

– Levo fé, adoro contos amorosos meio desconjuntados.

– Tipo bela e a fera?

– Ela gosta de ti, mas ainda não se deu conta. Tá numa idade que a beleza é tudo e, nesse quesito, o Cau é imbatível. Mas ela vai amadurecer logo, fica frio.

– História!

– Babão!

7

Conversa de bar

Movimento normal na Esquina Maldita pra uma terça--feira. No Copa 70, tem um alerta vermelho: apareceram dois *ratos* na semana anterior, que foram corridos à base de xingamentos. O Alaska tem pessoas mais interessantes, mas só serve chope. Pelo preço de um chope de 300 dá pra beber uma cerveja de 600 no Mariu's, de propriedade de um português salazarista. Mesmo assim, o argumento financeiro de Álvaro foi mais forte.

– Ontem comi a Valquíria – conta Cau, com uma expressão lasciva.

– Ah, é? Bom pra ti.

– Nos encontramos no DCE e deu liga. Dali, fomos pro apê dela. Cara, essa mina sabe desarrumar uma cama. Nem te conto.

– Não precisa contar.

– Ela botou um *base* na roda e ligou um som. Um blues daqueles, forte, denso. Aí, começou o strip. Tu já prestou atenção nos peitinhos da Valquíria? Não, falando sério – Cau coloca as mãos em curva à altura do próprio tórax.

– Chê Cau. Vamos fazer assim. Paramos por aqui e mudamos de assunto, tá legal?

– Que foi, bicho? Tu sempre curtiu minhas histórias picantes. Garanto até que batia uma...

– Nunca gostei, mas tu contava igual. Agora que conheci a tua guria, a coisa mudou de figura.

– Ô, Alvus, não tem nada a ver.

– Ah, é? Me explica por quê.

– A Val é namorada, a Valquíria é casinho sem importância. O bom é que chamo as duas de Val e não me atrapalho na hora H.

Ri, mas Álvaro parece incomodado, o que obriga Cau a dizer alguma coisa.

– Olha, eu não dou em cima de ninguém, mas a coisa tá assim. As minas estão indo à luta. Mudaram os paradigmas, sacou?

– Bueno, só não me conta.

– Virou fiscal da moralidade agora?

– Vamos ver a coisa assim. Antes, eu não tava nem aí com as tuas aventuras eróticas. Agora, conheço a Valéria, sou amigo dela. Imagina quando estiver com vocês, vou ficar pensando: pô, a guria não tem ideia do que o cara tá aprontando. Aí, vou acabar me sentindo cúmplice. Posso passar sem essa. Conta pra outro. Tu tem uma pá de amigos.

– Só por que tu não come ninguém?

– Quem disse?

– Nunca te vejo com ninguém.

– Problema meu.

– Tô te estranhando.

Álvaro toma um longo gole de cerveja e cruza os braços sobre a mesa.

– Vou fazer um paralelo. A Valéria chega pra mim e conta: bah, Álvaro, tu nem sabe, ontem trepei com um cara com um pau des'tamanho, e me descreve as minúcias. E eu, teu amigo, como é que ia me sentir?

– Comparação esdrúxula. Isso não vai acontecer.

– Como é que tu sabe?

– Primeiro, que mulher só conta segredos íntimos pra mulher. Homem conta pra homem.

– Ué, tu acabou de dizer que mudaram os paradigmas.

– Alvus, presta atenção. As coisas são assim desde que o mundo é mundo. Segundo: a Val não tem esse tipo de necessidade.

– Já perguntou pra ela?

– Nós temos uma boa relação, inclusive na cama.

– Ou seja, tu basta pra ela, mas ela não basta pra ti.

– Pô, bicho. Não te faz! Tu sabe do que eu tô falando.

– Tudo bem, só peço que não me conte mais, pode ser? A ouvidoria das proezas eróticas dos faixas encerrou os trabalhos. Falando nisso, olha quem aparece.

Pelo vidro da porta do Mariu's, os dois enxergam o sorriso de Valéria. Ela ingressa no bar, aplica um beijo na boca em Cau e outros dois no rosto de Álvaro.

– Vindo ao bar sem mim? – Cau tenta brincar.

– Estava fazendo um trabalho na faculdade e ia pra casa. Na passada, resolvi arriscar. Vai ver que o Cláudio anda por lá. Dei sorte. Ih, que caras são essas?

– Estávamos divergindo sobre uma grave questão conjuntural – Álvaro comenta com algum sarcasmo.

– Política internacional – Cau emenda.

– Não sei que questão é essa, mas na dúvida, estou com o Álvaro pro que der e vier.

Álvaro solta uma risada. Valéria emenda:

– Brincadeira, querido – sorri para Cau. – Vou tomar só uma cerveja e ir pra casa. Vocês dois podem ficar a sós e cair na noite tranquilos. Só não me contem.

Álvaro desfruta a aflição de Cau.

Nega Lu ingressa no Mariu's em alto estilo. É um negro atarracado, cabelo pintado de acaju, veste *collant* preto sobre meia-calça e uma echarpe vermelha que sacode o tempo inteiro.

– Oi, gurizes! Quem é a princesa?

– Namorada do Cau – diz Álvaro.

Nega Lu faz uma careta.

– Muito pro teu caminhãozinho.

– Senta com a gente.

– Agora não, preciso dar uma assessoria praquele infeliz.

Dirige-se a uma mesa no canto do bar, onde um sujeito bebe sozinho. É possível ouvir o início do diálogo.

– E essa cara de punheteiro?

– O que eu vou fazer, tu não dá pra mim – reage o outro.

– Entra na bicha, amorzinho. Tá bom pra ti? Me paga uma ceva.

Valéria está maravilhada.

– Vocês precisam me apresentar a Nega Lu. Que audaciosa! Imagina quanta gente gostaria de assumir e não tem coragem.

– Bah, o que tem de bichona enrustida – Cau tenta descontrair. – Uma tá aqui na minha frente.

– Aproveitando o ensejo, tenho um troço um pouco delicado pra contar pra vocês.

Cau arregala os olhos, assustado.

– Uau! O que seria? – Valéria pergunta.

– Sábado passado eu saí de casa pra passar o fim de semana na mãe, em Viamão. Na parada, me dei conta que tinha esquecido a carteira em casa. Corri de volta à *república*, meio estabanado pra não perder o ônibus, subi a escada, entrei no quarto e vi o Rubinho com alguém.

– O Rubem se dando bem.

– Um cara.

– Rubem com um cara. E daí? – Valéria indaga.

– Não teria nada de mal se os dois não estivessem pelados. Desviei os olhos, peguei meus documentos e saí apressado.

– Tem certeza que era um cara?

– Na minha idade, já sei distinguir, principalmente quando estão nus.

– Estavam trepando?

Álvaro deu de ombros.

– Só tô contando porque ele pediu.

– Puta que pariu – Cau exclama.

– Que qui tem? – Valéria entra na conversa.

– Depois conversamos e foi um papo bem tranquilo, bem franco da parte dele – Álvaro prossegue. – Contou que está decidido a assumir a homossexualidade, que não aguenta mais viver uma farsa, que sabe bem a barra que vem pela frente, mas, isso palavras dele, era pior quando tinha que fingir ser uma pessoa que não era. Confesso que fiquei bem impressionado com a determinação do cara.

– E tu, vai assumir também? – Cau fala e dá uma risada que não encontra apoio.

– Assumir no sentido de ser uma pessoa verdadeira, sem qualquer tipo de falsidade? Tô pensando seriamente.

– Pelo menos era ele que estava comendo? – Cau pergunta.

– Que diferença faz? – Valéria intervém.

– Pra mim faz toda a diferença.

– Na tua cabeça um casal homossexual reproduz o papel convencional homem-mulher?

– Não é assim?

– Tenho vários colegas homossexuais na faculdade e converso muito com eles. Primeiro, isso que o Álvaro ouviu do Rubem é real. A dificuldade de assumir e se expor, uma barra que a gente nem imagina o que seja. Tem muito sofrimento no meio.

Segundo, os formatos das relações são muito particulares e não reproduzem necessariamente os padrões existentes na sociedade.

– Tu nunca me falou dessas coisas.

– Pra ouvir esse tipo de comentário? Ele é dos que comem ou dos que são comidos? – ela caricaturiza. – E além disso, deve ter muita coisa na tua vida que tu não me conta.

Álvaro não se controla e solta uma risada.

– É ou não é, Álvaro?

– O quê?

– Que existem muitas coisas que o Cláudio não me conta.

– Bom, talvez sejam coisas que ele acha que não irão te interessar. Mas voltando ao nosso amigo. O importante é que o Rubem está passando por um processo decisivo pra vida dele e está muito a fim de vivenciar. E conta com o nosso apoio.

– Pode crê. Tô louca pra falar com ele.

– Então. Sexta-feira tem uma peça em que ele está envolvido. *As criadas*, lá no Departamento de Artes. É trabalho de faculdade, mas dá pra assistir.

– Vamos, né, Cláudio?

– Desde que ele não dê em cima de mim.

– Por quê? Tem medo de fraquejar? – ela pergunta.

– Pô, hoje tu resolveu pegar no meu pé, Val. Qual é?

– Vou nessa, guris. Podem ficar à vontade.

8. Luzes da Ribalta

Às oito em ponto, as luzes do pequeno teatro se apagam e uma cortina grossa lentamente abre-se em duas mostrando o cenário que reproduz um quarto com cama, penteadeira e outros móveis estilo Luís XV. Um dos atores, de costas para a plateia, vestindo uma combinação de corpete, calçola e meia até as coxas, exclama, impaciente:

– Essas luvas! Sempre a mesma conversa. Já te repeti exaustivamente que deixasse as luvas na cozinha. É com isso que esperas seduzir o leiteiro? Não mintas, é inútil. Pendure--as por cima da pia. Quando compreenderás que este quarto não pode ser enxovalhado? Não adianta. Tudo que vem da cozinha é escumalha! Sai! E leva os teus escarros!

A personagem continua repreendendo a outra, que está sentada à penteadeira, balançando um par de luvas.

Alice cutuca Valéria com o cotovelo e cochicha:

– É o Rubem!

– Psiu!

No papel da outra criada, igualmente vestindo combinação, Rubem brinca balançando um par de luvas de borracha, observando suas mãos enluvadas.

– Madame, me perdoe, eu estava preparando o seu chá de tília.

Álvaro tem os olhos fixos no amigo que interpreta uma das criadas, quase irreconhecível pela maquiagem e a peruca exagerada. Está sentado ao lado de Valéria, aspira seu *patchouli* e por vezes seus joelhos se tocam.

O pequeno teatro do Departamento de Arte Dramática está lotado por alunos do curso, amigos e parentes dos três atores envolvidos na montagem de *As criadas*. A peça gira em torno das duas empregadas que conspiram contra a patroa, mas reproduzem o comportamento dela, usando suas roupas e imitando seu vocabulário, como uma peça dentro da peça. O espetáculo alcança o clímax na cena final, quando as criadas encenam o envenenamento.

– *Não discuta* – ordena a personagem Claire, travestida de madame. – *É a mim que compete dispor destes minutos finais. Solange, tu me guardarás em ti.*

– Não estás vendo, Claire, como eu estou fraca? Como estou pálida?

– Tu és covarde. Obedece. Estamos bem na beira, Solange. Iremos até o fim. Ficarás sozinha para assumir nossas existências. Precisarás de muita força. No presídio ninguém saberá que eu te acompanho. E quando fores condenada, não te esqueças que me trazes em ti. Seremos lindas, livres e alegres. Solange, não temos mais nenhum minuto a perder. Repete comigo... Madame deve tomar seu chá.

– Não, eu não quero.

Claire segura Solange pelos pulsos.

– Descarada! Repete. Madame vai tomar seu chá porque é preciso que ela durma.

– Madame vai tomar seu chá porque é preciso que ela durma.

– E que eu vele.

Rubem, no papel de Solange, vai até a beira do palco, junto ao público, e permanece imóvel, com as mãos à frente, como se esperasse as algemas.

De pé, a plateia irrompe em aplausos e assovios.

– Vamos lá no camarim – propõe Alice.

– Deve tá uma confusão – observa Álvaro. – Combinei da gente se encontrar no bar aqui do lado.

Valéria faz uma cara triste.

– Não vou poder. Fiquei de encontrar o Cláudio lá em casa.

– Por que não veio, esse bundão? – Alice pergunta.

– Ele é do tipo "vá ao teatro, mas não me convide". Não tem paciência.

Álvaro dá de ombros.

– Que pena. Pelo menos cumprimenta o Rubem.

– Outro dia.

O bar Bom Ami fica ao lado do teatro, com mesas na calçada. Alice está inconformada.

– Às vezes, o Cau sabe ser um pé no saco. Egocêntrico, não sabe dividir plateia. Não sei como tu aguenta.

– Não fala mal do meu amigo – Álvaro finge protestar.

– Falo bem e falo mal. Conheço a pinta. O Cau é um amor, mas tem um lado sombrio que sai de baixo.

– Todos temos.

– Pode crê.

O garçom traz dois chopes, que Alice e Álvaro bebem em silêncio.

– E tu, tá bem, guria? Tô te achando mais quieta que o normal.

– Uns grilos me aporrinhando, nada demais. Olha o Rubem!

Ele aparece, acompanhado de um rapaz louro que parece um tanto constrangido.

Alice levanta-se para abraçar o amigo.

– Arrasooou!

– Essa é a Alice, a guria mais divertida da cidade. Esse é o Lucas. O Álvaro tu já conhece.

– Vestido tô conhecendo agora – Álvaro brinca.

– Cadê a Val?

– Tinha uma ponte com o Cau, mas deixou um beijo.

– Que pena. Queria tanto saber o que ela achou.

– Adorou!

– Que achou, Alvinho?

– Chê, nasceste pra isso, meu.

– Já pediram? O barato aqui é o sanduíche aberto, com um molho remolhado dos deuses. Ih, olha quem voltou!

Valéria reaparece, um sorriso escancarado. Para Álvaro, é como se as luminárias da rua ganhassem intensidade. Ela abraça e beija Rubem, cumprimenta Lucas e senta-se ao lado de Álvaro.

– Tô fascinada. Não, gente, o que é essa peeeça. E tu, querido? Onde é que andava esse talento escondido?

– O que é isso, gente? Nem sou o ator principal.

– E o que é a maquiagem? – Alice comenta. – Cara, tu tava irreconhecível.

– Eu que fiz.

– A maquiagem?

– Quem se mete com teatro tem que fazer de tudo. Atuar, produzir, cuidar da luz, dirigir, costurar, vender ingresso, pintar cenário, varrer o chão e... maquiar.

– Show. A gente tava louca pra te ver. Ver vocês.

– O que eu vou dizer? Tamos nos conhecendo, como qualquer casal normal – ele faz o gesto de aspas. – Em alguns lugares, é preciso manter um certo pudor. Em outros, a gente fica mais à vontade, né, Lucas?

Ele fala e dá um rápido beijo na boca do namorado, que, surpreso, olha para os lados.

– O Rubinho quase nem dorme mais na *república* – Álvaro comenta.

– O Alvinho tá sozinho no quarto. Aproveitem, gurias! É que o Lucas mora com uma irmã que está fazendo um curso fora, então eu fico por lá. Mas não pensem que a gente fica trepando o tempo todo. Eu digo porque vocês tendem a achar que somos promíscuos. Não, gente, é como qualquer casal. Tu trepa o tempo todo com o Cau, Valéria?

Ela fica vermelha.

– Cada vez menos. Não vale, isso é uma coisa de foro íntimo.

Rubem pisca o olho para Álvaro.

– A gente mais conversa – Lucas comenta, sério.

– Mas trepamos bastante.

– Não é uma coisa fácil como as relações de vocês, tem um monte de coisas envolvidas. O Rubinho tá assumidérrimo, mas eu ainda tenho algumas coisas, digamos, operacionais pra resolver.

– Por exemplo?

– Até um mês atrás eu tinha uma namorada. Namoro firme, quase noivado.

– Barra – observa Alice. – Imagino o choque da guria.

– Aí é que tá. Ela não sabe. Pedi um tempo pra avaliar, mas não entrei em detalhes. Na verdade, preciso resolver essas coisas.

– Vamos falar sobre a peça – Valéria muda de assunto.

– Jean Genet escreveu essa peça na prisão – começa Rubem.

– Preso por ser homossexual – completa Alice. – Eu li *Nossa senhora das flores*. Muito foda!

– Viado, ladrão, maloqueiro, Genet aprontava todas. Ele se ligou numa notícia de duas empregadas que mataram a patroa e a filha. Aí, louqueou em cima. Na época, anos 40, imagina, a peça gerou um forrobodó, torpedeada de tudo que é lado, ataques, boicotes, abaixo-assinado, toda aquela baixaria de sempre, ainda mais que ele queria homens fazendo os papéis das personagens, pura provocação.

– Como você fizeram.

– O que achou, Alvinho, nosso farol ideológico?

– Tô digerindo. É uma peça política, sem dúvida, mas não é panfletária, porque, na revolta das criadas contra a madame, há um lance maléfico, um jogo de poder meio sórdido entre as duas. Claire, claramente...

– Claire, claramente? – Alice ri.

– Ela vai assumindo a personalidade da patroa, então a brincadeira vira um troço sério, que oscila entre a diversão e o terror.

– Também achei – Valéria concorda. – Claire reproduz no trato com Solange a mesma relação de poder e humilhação que as duas sofrem da patroa.

– Na real – opina Alice –, faz o papel da opressora. Usa as roupas e as joias dela como se quisesse assumir o lugar de patroa da outra.

Valéria apoia com movimentos veementes com a cabeça.

– E isso retira da peça e da relação política que ela propõe o maniqueísmo que a gente normalmente vê por aí. Não acha, Álvaro?

– É isso. Os elementos do conflito de classes estão ali, mas há uma complexidade interessante, o oprimido fazendo o papel do opressor. Não é uma peça didática, um be-á-bá sobre a luta de classes, mas oferece um painel interessante pra gente refletir e conversar.

– Então. A gente não pode passar a peça no circuito normal porque o texto tá censurado, mas, na camufla, queremos levar pros sindicatos, pras associações comunitárias. Por exemplo, lá no teu sindicato. Que qui tu acha?

Álvaro faz uma expressão de dúvida.

– Não sei. Posso propor, mas creio que os companheiros da diretoria preferem algo que desperte a consciência de classe com uma mensagem mais direta. Nada contra o texto e a montagem de vocês, que tá fantástica.

– Tá querendo dizer que não é uma peça pra passar nos sindicatos ou nas vilas? – Valéria provoca.

– Tô imaginando o que o pessoal do sindicato responderia. A peça tem muitas sutilezas, muitas complexidades.

– Sei. O proletariado não tem alcance pra entender coisas mais subjetivas – Valéria tensiona.

– Deixa eu explicar. Eu vejo pelos meus colegas da gráfica. Não são reacionários, na acepção política da palavra. São contra a ditadura. Nosso chefe, o Alemão, é comunista, faz doutrinação, coisa e tal. Tento me colocar na cabeça deles. Dos dirigentes do sindicato, eu digo. Não sei bem qual o ganho político...

– Não sabe? Só por isso já vale a pena. Por exemplo, uma empregada doméstica não captaria a mensagem?

– Minha empregada, a Erondina – intervém Alice –, é um anjo de pessoa, mas submissa até o último fio de pentelho. Aguenta todos os chiliques da minha coroa, que, quando tá de repé, é um porre. Um dia, eu tava procurando não sei o que, entrei no quarto da coroa e vi a Erondina se olhando no espelho com um colar de pérolas no pescoço. Quando me viu, quase morreu de vergonha. Pediu mil desculpas. Me fez jurar que não contaria pra minha mãe. Eu fiquei sem saber o que dizer, então fiz uma pergunta idiota: queria ter um colar desses? Ela falou: eu não nasci pra isso, sei o meu lugar, algo assim. Tentei puxar assunto, mas ela saiu disparando. Nos dias seguintes nem me olhava. Tô pensando agora o que ela sentiria vendo a peça.

– Olha quem chegou! – Rubem aponta para a calçada, onde estaciona um Passat bege.

– Apareceu a margarida, olê olê olá – canta Alice.

Cau desembarca e se aproxima da mesa, disfarçando o mau humor – e fazendo questão de mostrar que está disfarçando o mau humor. Álvaro faz menção de levantar para lhe ceder o lugar ao lado de Valéria, mas ela sutilmente segura sua perna.

– Parabéns – ele cumprimenta Rubem, numa saudação protocolar. – Não pude vir, tinha uns troços pra fazer.

– Não sabe o que tu perdeu, playboy – Alice contrapõe, com malícia.

– Não faltará oportunidade – Rubem contemporiza. – Esse é o Lucas. Lucas, o Cau.

– Prazer – saúda Lucas.

Cau faz com um movimento displicente com a cabeça e fixa os olhos em Valéria.

– Então, vim te buscar, como combinamos.

– Senta aí e pede um chope – ela reage e vira-se para Alice. – Talvez vendo a peça a tua empregada se identificasse com alguma das criadas de alguma maneira, se colocasse no lugar delas. Ou pelo menos iria se questionar sobre isso.

– Ia ficar baratinada.

– Poderia achar que o comportamento dela se olhando no espelho com as joias da patroa não é um pecado mortal. Ali, provavelmente, ela vivia uma fantasia muito íntima, muito particular. Na peça, essa fantasia é compartilhada pelas duas irmãs e, por isso, por serem duas, há o diálogo, o lado farsesco cresce, as perversões vêm à tona e alimentam a dramaticidade, mas o ponto de partida é o mesmo. No fundo, a Erondina, mesmo com sua submissão incrustada, vai se questionar: por que não eu?

Rubem está maravilhado.

– Gente, é exatamente isso que a gente quis provocar.

Álvaro pensa um pouco antes de falar:

– Vê bem, não tô questionando o valor da peça como arte e até como instrumento de denúncia e reflexão, mas para um público pouco acostumado com a complexidade do teatro talvez... – ele tenta encontrar um jeito de encerrar sua frase.

Valéria atropela.

– Eu entendo a tua dúvida, mas tenho certeza de que quanto mais complexa a trama, mais rico será o processo de entendimento. Imagino que quando vocês passam uma peça no sindicato, há um debate no final, como faz o pessoal do Teatro de Arena.

– Sim, mas pouca gente fica.

– Não importa. Quem fica são os mais interessados, os que têm influência sobre os outros. Esse debate vai tratar da luta de classes, óbvio, mas misturada com outros sentimentos humanos, como raiva, inveja, impotência, que mais? Supremacia, segredos, projeções, enfim, teria um resultado bem poderoso.

– É essa a proposta. Afasta um pouco esse clichê do patrão malvado e do empregado bonzinho. Afinal, a luta de classes não é entre os mocinhos e os bandidos, mas entre opressores e oprimidos. As duas criadas são tinhosas. Claire é perversa e autoritária. No texto a Solange é mais submissa, mas eu curti mais fazer uma personagem mais ladina, estrategista. O jogo que elas propõem parece bobo no início, mas se torna tenso, cruel.

– Só – Valéria concorda. – O mais importante é que, mesmo com os seus joguinhos e suas pequenas crueldades, seus instintos à flor da pele, inveja, disputa de hegemonia entre as duas criadas, fica estampada a questão de classe, ou seja, sua condição de oprimidas pela patroa que elas caricaturizam e querem ver a caveira dela.

– Isso aí. Tudo a ver – concorda Alice.

Valéria olha para Álvaro de um jeito divertido.

– E então, comissário do povo? Tá liberada a peça?

– Tá me sacaneando, guria. Bueno, vou falar com o pessoal do sindicato.

9. Flerte com o passado

A garota mastiga um sanduíche e mantém os olhos no polígrafo. Álvaro instala-se a duas mesas de distância. Daqui a pouco ele pedirá licença e se sentará à frente dela. Ela perguntará: a gente se conhece? Ele dirá seu nome, buscará a carteira no bolso da jaqueta e mostrará uma fotografia 3 x 4. Essa é minha mãe, dona Jandira. Dirá ainda que não guarda foto do pai, mas que talvez ela tenha. A garota olhará fixamente para ele e o reconhecerá como o cara que a assediou naquela festa. Álvaro contará que sua mãe tinha 14 anos quando foi seduzida ou violentada, que sabe que não é a mesma coisa, mas, no fim das contas, na idade que ela tinha, não faz muita diferença, e que ele, Álvaro, é fruto dessa relação de desamor. Ela poderá dizer algo como: sinceramente, não sei do que tu tá falando. Ele responderá: tá na hora de saber. Ela ficará pensativa por vários instantes e, por fim, perguntará qual o propósito dele: chantagem? Quer dinheiro? Será uma pergunta previsível, que ele responderá mais ou menos assim: que apagou esse lado sombrio de sua vida, que não quer nada, mas que, quando soube da existência de uma irmã, começou a pensar que talvez esse aspecto de sua vida, ou pré-vida, que ele rejeita poderia trazer algo de bom, como por exemplo alguém com quem pudesse conversar, conviver minimamente. Ela ficará atônita. Então, Álvaro passará a bola para ela, dirá que não irá mais procurá-la, repetirá seu nome, informará que estuda Jornalismo, que pode ser encontrado na faculdade quase todas as manhãs e que à tarde, às vezes noite adentro, trabalha na Gráfica Vitória, que fica na Azenha, cujo endereço está no guia telefônico, pedirá desculpas por haver estragado o lanche dela e aguardará o próximo passo.

A garota termina o sanduíche, coloca o polígrafo na bolsa e deixa o bar, apressada. Álvaro pensa em ir até ela, mas algo o prende. Outro dia, quem sabe.

10. Nós que nos amávamos

Quando as luzes do Cine ABC se acendem, Álvaro exibe um sorriso nos lábios de puro encantamento pelo que acabou de assistir, e essa sensação parece ser compartilhada com os demais espectadores que ocuparam mais da metade dos lugares da sessão das dez. No hall do cinema, em meio à turba que sai às ruas, de alma lavada, alguns acendendo cigarros, ele primeiro experimenta o aroma do *patchouli* às suas costas e, ao voltar-se, a visão da pequena e sorridente Valéria, esbanjando euforia. Ela lhe beija o rosto e comenta:

– Gente, mas o que é esse fiiiilme!

– Sem palavras.

– Sem palavras uma ova. Quero conversar muito sobre ele. Vamos ali no Pedrini, o Cláudio deve estar me esperando.

– Capaz. Não vou bancar o chá de pera.

– Chá de quê? – ela solta uma risada e enfia seu braço no dele. – Você não entendeu. Eu *preciso* falar sobre esse filme.

O Pedrini fica a uns cinquenta passos do ABC, do outro lado da rua. Cau está sentado a uma mesa do fundo do salão.

Abre um sorriso quando vê Valéria, mas logo fecha o rosto ao perceber Álvaro atrás dela.

– Vimos um filme inacreditável – conta a garota depois de um rápido beijo na boca do namorado. – *Nós que nos amávamos tanto*, do Ettore Scola.

– Hum, foram juntos?

– Nos encontramos na saída. Não sabe o que tu perdeu.

Cau grita para o garçom:

– Um chope pra moça. Outro pra ti, Alvus? – deixa clara a sua má vontade.

– Um só, depois vou me mandar.

– Presta atenção, Cláudio. Três amigos. Lutaram juntos contra o fascismo da 2ª Guerra. Um pequeno-burguês meio arrivista, um intelectual aspirante a cineasta e o outro, trabalhador, todos aparentemente de esquerda, muito diferentes entre si, mas estão unidos por uma amizade sólida.

Ela olha para Álvaro, que valida a introdução:

– Bem resumido.

– Mas? – pergunta Cau.

– É em torno desse *mas* que o enredo se desenvolve. Entre eles, gira uma mulher, Luciana, pra mim, a personagem mais importante do filme, tu não acha?

– Só – Álvaro concorda.

Valéria passa a esmiuçar cada cena do filme e a especular sobre seus significados, buscando a cumplicidade de Álvaro.

– Tem um lance, não sei se você percebeu. Gianni vai de bicicleta com a Luciana pra intimar aquele gordo escroto a depor. Aí, ele enxerga um carrão de não sei quantas cilindradas estacionado à frente da casa.

– O automóvel como símbolo da ascensão social.

– Naquele momento, está selada a sorte do personagem. Ele entra na mansão e, em vez de intimar o capitalista, é cooptado por ele.

– Ali ele se vende pro sistema.

– Sim, e lá adiante, lembra, na cena em que todo mundo sai da casa de carro ou de moto, uma overdose automobilística...

– ...Mas cada um sozinho no seu carro.

– Isso, cada um sozinho no seu mundo. Gianni andava pelo jardim da casa se escondendo da esposa, do sogro, percebeu?

– Ricaço, e uma vida de merda.

– Vou pedir uma pizza. Pode ser a da casa? – Cau precisa sugerir três vezes até que eles o escutem e concordem.

– E as referências? – Valéria provoca.

– *Ladrão de bicicleta* tem várias.

– *O encouraçado Potemkin*, naquela tomada da escada.

– Pode crê. Achei fantástica aquela cena da praça em que o filme muda de preto e branco pra colorido, cada um pra um lado, como passagem de tempo cruel – comenta Álvaro.

– O rompimento entre Antonio, Nicola e Gianni, que estava ali, escondido, sem coragem pra encarar o drama da tentativa de suicídio de Luciana. A passagem do tempo, na real, a gente já percebe pelo noticiário político, pelas mudanças de figurino, de penteado, aliás, uma direção de arte nota dez. Dá pra ir notando direitinho o afastamento entre os três.

– E o curioso é que o espectador não se perde ou mesmo chega a ter dúvidas sobre esse andamento.

– Eu entendi a entrada da cor pra demarcar o fim de uma era romântica, da amizade ingênua entre eles. O preto e branco era a ilusão.

– Certo. As cores mostram o mundo adulto, no qual a amizade entre eles já não basta pra aproximá-los. O fim dos sonhos.

– Aí tem uma provocação ao espectador – Valéria está francamente extasiada. – O que você faz de seus sonhos?

– Ou o que tu faz da tua vida?

– Será que a gente vai estar assim daqui a trinta anos? Hein, Cláudio, o que você acha?

– Oh, lembraram que eu existo.

– Tu devia assistir.

– Agora que vocês contaram todo o filme?

Valéria ignora o comentário. A pizza é devorada no ritmo da conversa.

– A certa altura, o magnata podre diz mais ou menos: "Quem vence a batalha contra a consciência, vence a guerra da existência" – Valéria repete a frase e comenta. – Sacou? Que paulada! Quer uma frase mais simbólica sobre o capitalismo do que essa?

Álvaro percebe que várias vezes Cau tenta mudar de assunto, mas ela não lhe dá atenção. À medida que bebe os chopes que pousam à sua frente, se torna mais falante e empolgada.

– Gosto muito daquela sacada de congelar a cena e os personagens falam o que está oculto, que não está sendo dito.

A coisa parece que está fugindo ao controle. Álvaro sente-se um intruso por monopolizar as atenções de Valéria.

– Vou ao banheiro – ele decide.

Enquanto urina, Álvaro conclui que está na hora de cair fora. Ao sair, depara-se com Valéria no corredor estreito que conduz aos sanitários. Os dois ficam um tempo decidindo por que lado atravessar e acabam simulando uma dança divertida. Depois de algumas risadas, ela ergue os calcanhares, enlaça seu pescoço e o beija na boca. Alguns instantes de hesitação. Álvaro abraça a cintura dela e corresponde ao beijo, mas logo ela o afasta com as palmas das mãos, contorna seu corpo e ruma ao banheiro.

Álvaro volta à mesa, bebe o resto do chope de pé e anuncia:

– Vou nessa.

Tira a carteira do bolso, separa algumas cédulas e põe na mesa. Valéria retorna e se dirige a Cau.

– Deu por hoje. Vamos?

Olha encabulada para Álvaro.

– Bebi demais.

Ele reage com uma expressão condescendente.

– Eu te levo – Cau diz a Álvaro.

– Não precisa.

– Sem discussão.

O Passat segue pela Rua Venâncio Aires, passa diante do Restaurante Copacabana e dobra na João Alfredo. Os três permanecem em silêncio. Quando o carro ingressa na Rua da República, Valéria pede:

– Me deixa primeiro.

– Ué, pensei que a gente ia ficar junto.

Ela olha no relógio de pulso:

– São duas da manhã. Tô cansada, meio bêbada e tenho que acordar cedo. Fica pra outro dia.

De mau humor, Cau estaciona na frente do edifício e a acompanha até a porta. Há uma tensão entre os dois. Álvaro desembarca do Passat e vai caminhando em sentido contrário no rumo da Sofia Veloso. Quando alcança a esquina, ouve:

– Ei, Alvus. Onde é que tu pensa que vai?

– Daqui eu vou a pé – Álvaro fala caminhando de costas. – São só duas quadras.

– Esquece. Vamos tomar uma saideira.

– Já bebi demais por hoje. Tu também.

– Uma só, pra fechar a noite. O Luanda deve tá aberto.

– Tô bodeado, meu. Fica pra outra.

– Uma só, vamos lá. Eu pago, seu fresco! – a voz de Cau é autoritária.

– Bueno. Uma só.

O Luanda não é mais do que uma fachada com um janelão e porta aberta que conduz a um espaço diminuto no qual cabem apenas três mesas quase coladas umas às outras, um fogão de duas bocas que funciona a noite inteira cozinhando uma sopa apimentada e constantemente realimentada de coxas de galinha e pacotes de massa em uma panela gigantesca. Atrás de um pequeno balcão, tendo uma parede decorada com motivos africanos às suas costas, o negro Aristides da Silva, o *Tide*, gravata no pescoço e boné branco na cabeça, atende a freguesia até as 7 da manhã.

A coisa só começa a esquentar no Luanda lá pelas 3, 4 da manhã, de forma que ainda há tempo de Álvaro e Cau conseguirem uma mesinha para a saideira.

Tide coloca uma Faixa Azul na mesa.

– Querem sopa?

– Não, mas traz um pote de pimenta – pede Cau.

– Olha o lumpesinato comparecendo – Álvaro aponta para um negro corpulento e caolho, que carrega uma pasta de couro sob o sovaco.

Miguel KGB aproxima-se e fala com uma voz pastosa:

– Qual dos dois vai me pagar uma losna?

Enquanto Cau enfia a mão no bolso, ele complementa.

– Capricha. Conforme o desempenho, vai contar pontos pra depois da revolução, quando a gente decidir o que fazer com vocês.

Miguel pega o dinheiro e dirige-se para o balcão. Cau vira-se para Álvaro:

– Já te falei, né? Eu e a Valéria vamos morar juntos.

– Ah, é? E quando se dará o enlace.

– Tem umas questões pra resolver na família.

– Imagino.

– Imagina o quê?

– Se tu for morar com ela, vai perder algumas barbadas. Mesada paterna, roupa lavada, o Passat da mamãe.

– Vai gozando. Pensei que tu ia achar legal.

– Te acho um cara sortudo, chê. Ela, nem tanto. Podia arranjar coisa melhor – Álvaro ironiza, mas Cau não está para brincadeira.

– Quem? Tu, por exemplo?

– Eu, não. Um cara mais bonito e mais esperto.

– Mas bem que tu gostaria.

– Não é pra minha bolinha. Além disso, namorada de amigo meu pra mim é homem. Um brinde à Valéria.

Os dois bebem em silêncio por alguns minutos. Quando a garrafa esvazia, Cau volta à carga.

– Diz a verdade, vocês foram juntos ao cinema?

– Sim, e ela viu o filme sentada no meu colo.

– Se quiser dar em cima dela, fica à vontade. Só acho que tu vai quebrar a cara.

Álvaro imagina: se ele soubesse do beijo.

– Ué! Que insegurança é essa. Cadê o Cláudio Nogueira da Silva, o bonitão da Libelu, o rei das cocotas e dos galetinhos, o limpa-trilho das festas Liberando, não tem pra ninguém?

Cau mantém os olhos no amigo como se procurasse alguma coisa oculta em seu rosto. Tide pousa outra cerveja acompanhada de um pote repleto de pimentas-malaguetas mergulhadas em vinagre. Cau pega uma pelo cabo, morde a ponta e faz um gesto com o queixo para que Álvaro faça o mesmo.

– É homem pra isso?

O outro reluta, mas aceita o desafio. Na primeira mordida, sente uma ardência na língua, faz uma careta e procura desesperadamente o copo de cerveja, mas Cau segura seu braço.

– Só pode beber depois de comer inteira. Aos poucos.

Cau pega mais uma pimenta e coloca outra diante de Álvaro. Os dois mastigam olho no olho. Cau maléfico. Álvaro tenta manter algum deboche no olhar, mas começa a se sentir incômodo.

Oito pimentas e duas cervejas depois, os dois estão suando. Álvaro resolve tomar uma atitude. Ergue-se bruscamente e avisa:

– Deu pra mim! Paga aí?

– Deu o caralho! Ainda tem umas cinco no pote – a voz de Cau sai meio pastosa.

Álvaro dirige-se à saída e Cau o persegue. Já na rua, puxa o braço do outro, que se livra com um safanão. Os dois cambaleiam e quase perdem o equilíbrio. Álvaro, então, solta uma incontrolável gargalhada.

– Tá rindo de que, seu bosta? – protesta Cau.

– Chê, vi uma cena parecida no filme de hoje. O cineasta frustrado e o operário brigando por alguma divergência.

– Política?

– Não faz diferença.

– Quem levou a melhor?

– Os dois já estavam bem fodidos àquela altura do filme. Ô, Cau, tu já tá a meia guampa. Vai por mim: deixa o Passat aí e pega um táxi.

– Vai tomar no teu cu.

– Não vacila que tu vai se estrepar. Vou nessa.

– É longe. Eu *chi* levo.

– Vou caminhando. Preciso de ar puro.

– Alvus?

– Que foi?

– Eu *chi* considero pra caralho, seu merda.

– Então paga as minhas cevas, que o dinheiro que eu tinha gastei no cinema e no Pedrini.

Álvaro caminha a passos trôpegos pela Rua José do Patrocínio com o gosto de beijo e pimenta na boca e uma decisão tomada: "Preciso me afastar dessa encrenca".

11. ALMOÇO NO R.U.

Com o almoço nas mãos – arroz, feijão, purê de abóbora, alface, bife e uma maçã separados nas concavidades da bandeja de metal –, Álvaro dá uma panorâmica pelo salão lotado do R.U. procurando vaga na mesa de algum conhecido. Então enxerga Valéria abanando para ele e seu coração dá um pulo.

Vai até ela, pousa sua bandeja na mesa, troca beijos com a moça e disfarçadamente aspira o *patchouli.*

– Fica bem de barba.

– Pra esconder a feiura.

– *Pas mal.*

– Mais desleixo do que algo planejado.

– Anda sumido. Não te vejo desde aquela noite do filme do Scola, faz o que, duas, três semanas?

Desde a noite do beijo, ele devaneia para si mesmo.

– Atrolhado de coisas. Aulas, reuniões, o trabalho na gráfica, sindicato. Agora, tô conseguindo um emprego na *Folha da Tarde*.

– Uau! Parabéns.

– Vou saber segunda-feira. É meio barra. Polícia na madrugada. Entraria às dez e sairia a hora que der, três, quatro da manhã, mas é um começo.

– Teria que largar a gráfica?

– Isso é o lado ruim. Pô, trabalho lá há sete anos.

– Sete? Que idade você tem?

– Vinte e quatro. Comecei com dezessete. Meu tio trabalhava lá e me levava junto. Fui aprendendo. Quando foi pro exílio, fiquei no lugar dele. O dono é um cara de esquerda.

– O famoso Alemão.

– Era funcionário também. A gráfica tava falindo, ele vendeu casa, carro, pagou as dívidas e ficou com o negócio. É o patrão, mas pega junto. Como ele dá muito desconto pro movimento sindical, a gráfica tá sempre empepinada.

– Tu trabalha na máquina direto.

– Às vezes, diagramo, outras, reescrevo os textos. Vem o material meio tosco e eu dou uma guaribada.

– Legal.

Ficam em silêncio. O beijo está na cabeça dos dois, mas não entra na conversa. A bandeja de Valéria está pela metade. Álvaro nota que o bife está cortado em quadrados milimetricamente medidos.

– E tu, guria, tudo bem? Ué, não ia virar vegetariana?

– Ainda não – ela ri. – No mais, tudo bem. Estudando e batalhando emprego. Queria que fosse algo na minha área, mas tá foda. Só pinta estágio em RH de empresas. Dispenso comentários irônicos.

– Mudando de assunto, o Cau me falou que vocês vão morar juntos.

A rosto da garota perde o sorriso e ganha umas rugas entre as grossas sobrancelhas.

– Falou, é?

– Naquela mesma noite do filme – ele gostaria de dizer "do beijo".

– Não era pra sair espalhando. O que foi?

– Quando tu encasqueta, fica esfregando um lábio no outro.

– Encasqueta? Vocês têm cada palavra esquisita. É que quanto mais pessoas ficam sabendo vai virando fato consumado. Depois, se der errado, a gente tem que ficar dando explicação.

– Fica fria. Sou um túmulo.

– Por enquanto é uma possibilidade, que nasceu de uma combinação meio no entusiasmo. Mas primeiro tem essa história de arranjar emprego e ele tem as coisas dele pra resolver.

– Morariam no apê da tua prima?

– Nem pensar. A Carmen é meio fresca pra essas coisas. Além disso, mais uns meses e ela tá de volta.

Valéria está incerta quanto a levar a conversa adiante. Ficam em silêncio uns bons minutos. Álvaro dá umas boas garfadas no almoço, enquanto ela se mantém pensativa. Metodicamente, junta no garfo um pouco de purê, outro tanto de arroz, finca um quadradinho de bife, dirige à boca, mas desiste e volta a pousar o garfo na bandeja. Álvaro faz o mesmo.

– Vou te contar uma coisa. Não sei se eu tô tão a fim de morar com o Cláudio, pelo menos agora. Aliás, nem tenho certeza se vou ficar em Porto Alegre depois de formada.

– Bueno, aí a coisa muda de figura.

– A gente decidiu meio na empolgação, mas tenho pensado melhor. Não sei se é uma boa agora. Pô, recém vou fazer 20 anos! A gente nem tá junto há tanto tempo.

– Faz o que, um ano?

– Sete meses. Nem sei se a gente se conhece direito. Gosto de estar com ele, é divertido. Tive outros namorados, não muitos, mas sem esse grau de envolvimento, mas morar com uma pessoa implica uma série de coisas.

Álvaro imagina-se no filme de Ettore Scola, quando a cena congela e o personagem pode falar sem freios sobre o que está sentindo e o que gostaria de dizer. Poderia elencar todos os defeitos que enxerga no amigo Cau, sobretudo as traições, para encorajar a jovem a adiar ou até mesmo desistir de qualquer plano de união entre os dois. Contudo, as palavras que lhe escapam tomam o rumo contrário.

– Quem sabe faz a hora, não é o que tu diz? O Cau é um cara legal, gente fina, tu gosta dele, ele gosta de ti.

– Será que a gente se gosta tanto a ponto de morar junto?

– Tá me perguntando?

– Tô *me* perguntando. Acho que pra assumir um lance assim a relação tem que ser completa, plena em todos os sentidos. Não sei se temos isso. Tem coisas nele que me incomodam, ele é meio instável, uma hora é um doce, outra vem com aquelas brincadeiras sem graça. É meio exibido. Não sei se devia estar conversando sobre isso contigo, afinal, vocês são triamigos.

Álvaro solta uma risada.

– Chê, não acredito! A paulistana falando tri! Já tá aculturada, é das nossas. Não te preocupa, só quero ajudar.

Valéria ri, ergue o garfo, mas volta a colocá-lo no prato. Outra vez, Álvaro faz o mesmo.

– Quero dizer, fico a fim de encontrá-lo, gosto quando a gente tá junto, mas tem horas que quero tá em outros lugares, com outras pessoas ou sozinha.

– Nada demais. Isso é normal nos relacionamentos modernos, acho. Quem sou eu pra dar conselhos.

– Você já teve algum relacionamento mais sério?

– Namoros esporádicos, uma colega do supletivo, uma vendedora de discos, a irmã de um companheiro da gráfica, aquela *hare krishna* que nem chegou a ser namoro. Nada muito sério nem duradouro.

– Resumindo: tô a fim de dar uma segurada. O problema é que quando tento falar, ele se antecipa, parece que adivinha. Conta que tem uma poupança boa, que vai ser um ótimo ponto de partida, que vai convencer o pai a lhe dar um bom cargo na fábrica, essas coisas, que já tá procurando apê. Não consigo fazer nossa conversa voltar ao foco.

– Usa teus superpoderes de psicóloga.

Ela ri.

– Esse é o ponto. É mais fácil perceber as coisas nos outros. Por essas e outras que ninguém pode se autoanalisar. Uma vez você perguntou por que eu escolhi Psicologia.

– Tua resposta foi triboa. Convincente.

Valéria segura o garfo cheio, leva à boca. Álvaro acompanha o movimento, mas novamente ela muda de ideia.

– Vou te contar uma história. Meus pais são separados. Estão na faixa dos 45, 50 anos. Meu pai se casou de novo, com uma moça bem mais jovem, óbvio. Minha mãe não se casou, mas tem um caso com um colega de trabalho, o cara é casado.

– Até aí...

– Nada demais. Mas eles, meu pai e minha mãe, almoçam juntos toda a sexta-feira, no mesmo restaurante, chova ou faça sol. Ela não fala muito. Às vezes, aparecia chorando depois dos encontros. Mas deixou escapar que de vez em quando saem do almoço e vão pra um motel.

– Uau. Bueno, eles são dos anos 60, né?

– Meu pai sempre teve ciúmes em relação à minha mãe, pura insegurança, porque ela era muito bonita, mas louca por ele. Só que, na hora H, foi ele que se envolveu com uma moça bem jovem e foi embora de casa. Aí, quando soube do caso dela com um colega, começou a aparecer com a desculpa de tratar de questões patrimoniais. E agora estão nessa. Encontros marcados semanais, discussões, sexo, às vezes, já faz uns três anos.

– Chê, parece enredo de filme francês.

– Pelo jeito continua. Esses dias liguei numa sexta e ela respondeu que não podia falar porque ia almoçar com ele.

– Acha que ele quer voltar?

– Ele quer é continuar controlando a cabeça dela.

– Como é que tu fica nessa história?

– Quero que essa relação torturante acabe de uma vez. Minha mãe sofre, eu sofro, e o controlador não tá nem aí.

– Por isso tu escolheu Psicologia?

– Digamos que foi um gatilho, mas tô segura de que é minha vocação.

– E por isso tu vieste pra cá?

– Tenho pensado sobre isso. Eu tinha me preparado pra encarar o vestibular da USP, passaria folgado, tanto que depois fiquei em terceiro lugar aqui na Federal. Mas na hora fiz um monte de patetices. Acho que meu inconsciente agiu.

– Autossabotagem.

– Me autossabotei pra não passar na USP porque queria fugir daquela insanidade a todo pano.

– Não matou o pai internalizado, mas fugiu dele.

– Foi um jeito de matar. Ele foi contra, disse que era muito nova pra morar em outra cidade, chantageou de todas as formas, fez ameaças. Eu bati pé. Pela primeira vez consegui enfrentar a fera. E venci. *Matei* o pai que me sufocava.

– Temos então uma parricida.

– Uma orgulhosa parricida psicológica. Mas é claro que isso afeta qualquer plano de relacionamento mais sério que eu possa ter. Admito que não posso jogar essa carga pra cima do Cláudio, que não tem nada a ver com isso, não chega a ser parecido com meu pai, a não ser num ponto: deu pra ser ciumento, quase paranoico, e isso acendeu uma luzinha. Tem ciúmes até de ti, acredita?

“Por que *até* de mim”, Álvaro pensa, mas não diz. Só esboça um sorriso desajeitado.

– Quando falo que quero ver um filme e ele não quer, ironiza: convida o Alvus, que é como ele te chama.

– Pode convidar – Álvaro diz, com alguma afoiteza. Depois emenda: – Acho que vocês precisam urgente bater um papo mais profundo, achar um denominador comum que equilibre as expectativas.

– É. Talvez seja só um grilo pequeno-burguês. Enfim, meu problema não é nada perto da barra que a Alice tá segurando.

– O que há com a nossa amiga?

– Tá grávida.

Álvaro estremece.

– Não fala pra ninguém. Chato, né? Logo ela, que nunca quis ter filhos.

– Quantos meses?

– Dois e pouco, parece.

Ele faz uma conta de cabeça.

– E... ela vai ter?

– Tenho uma ponte com ela daqui a pouco e vou saber mais. Que qui foi? Que cara é essa?

– Nada, só tô surpreso.

Valéria volta a se concentrar no almoço. Álvaro deixa o dele pela metade.

12.

CINCO MESES ANTES DO DIA

Valéria toca a campainha da imponente mansão localizada em uma área nobre nos altos de Petrópolis e quem atende é uma mulher negra impecavelmente uniformizada – vestido preto e, sobre ele, um avental branco engomado, com babados nas extremidades, combinando com a touca no mesmo padrão.

– É a amiga da Alice? Queira entrar.

Alice desce correndo as escadas vestindo um pijama de flanela cinzento. Recebe Valéria com um longo abraço e a conduz pela mão de volta à escada. A empregada pergunta.

– Querem café?

Nesse momento, o pai de Alice cruza o salão rumo à porta de saída e se detém diante delas.

– Então essa é a famosa Valéria – elas escutam sua voz.

O industrial Ronaldo Meira é um homem alto de cerca de 50 anos, musculatura moldada provavelmente em árduas sessões de halterofilismo, cabelos grisalhos penteados para trás e queixo quadrado. Veste um terno cinzento impecável, porta uma maleta executiva de couro brilhante, como se tivesse sido recém-lustrada, e exala uma fragrância marcante que nocauteia o *patchouli* de Valéria e se adona do ambiente.

– Mas é uma menina ainda – ele exibe dentes grandes e brancos como mármore, que contrastam com a pele bronzeada nas areias de Punta del Este.

– Prazer – Valéria não sabe se lhe estende a mão.

– Não estranho que a melhor amiga da minha filha seja uma psicóloga.

– Estudante ainda.

Ronaldo Meira coloca a mão sobre o ombro de Alice de uma forma exagerada e possessiva.

– Diz a verdade, Valéria, você acha que a minha filhota tem cura? – a risada pretende ser descontraída, mas deixa escapar um resquício de agressividade.

– Por quê? Ela tá doente?

O homem percebe que a jovem é esperta e muda o rosto para uma espécie de falso interesse.

– Em outras palavras, você acha que a Alice tem um comportamento normal?

– O que é normal para o senhor?

– O que é normal pra você?

– Eu perguntei antes.

– Por exemplo, portar-se condignamente conforme a educação que recebeu, ter uma vida regrada, ir à faculdade primordialmente para estudar, não fazer uso de substâncias psicotrópicas, essas coisas básicas. E nesses quesitos nós precisamos melhorar, não é, Alicinha? – ele aperta o ombro da filha quase a ponto de machucá-la e volta-se para Valéria com uma expressão intimidatória. – Pra isso ela deve contar com amizades verdadeiras que possam apontar seus desvios e ajudá-la a voltar ao prumo. Sabe o que é prumo?

Agora, Ronaldo a trata como uma criança de jardim de infância.

– Alice é uma pessoa muito querida por todos pelo seu jeito autêntico de ser, e essa é uma virtude difícil de encontrar nas pessoas.

– Curioso. Pensei que a função da psicologia era apontar e corrigir posturas inadequadas ou desviantes e não ratificar condutas temerárias.

– A função da psicologia é tentar compreender as razões do comportamento humano.

– E geralmente as razões dos problemas de conduta se originam dentro da família, não é o que vocês costumam dizer? – ele ironiza.

– Em uma boa terapia, essa possibilidade sempre é investigada.

– Antes de entrar para a faculdade, Alice tinha um grupo de amigas, meninas de boas famílias, iam a bailes, retrato nas colunas sociais, praticavam esporte, namoravam rapazes de bem, passavam o verão na praia. Era bonito de ver. Ia à missa. Você não acha importante a pessoa ter uma religião?

– Se tiver fé.

– Pintava. Tem trabalhos maravilhosos. Já mostrou a ela, filha?

– Não curto mais.

– Bem, bastou entrar na faculdade e a coisa mudou de uma hora pra outra. Esqueceu as amigas, a vida social, a igreja, se veste de qualquer jeito, fuma maconha, sai e não diz quando volta e, em vez de estudar, prefere fazer política. Isso é normal?

– Pai, não torra!

– E deu pra me desafiar. Tenho saudade desse tempo quando a minha filhinha era mais calma e obediente. Hoje, tá sempre rebelde e mal-humorada. Gostaria de ter um botãozinho que a desligasse de vez em quando. Isso é pedir demais, cara psicóloga?

– Estudante ainda. O senhor acredita que a faculdade corrompe os jovens?

– Primeiro responde à minha pergunta.

– A Alice está procurando o seu caminho, como todos nós.

– Hum, já vi que a mocinha também segue o mesmo diapasão. Deixa eu falar uma coisa. No meu tempo, a gente ia pra universidade para estudar e aprender.

– Ah, no meu tempo... – Alice desdenha.

– É claro que ninguém era santo, tínhamos as nossas farras, mas dentro de um patamar saudável e sem prejuízo dos estudos. Fazíamos política estudantil, sim, mas respeitando as regras, as hierarquias. A universidade, infelizmente, está contaminada por uma infiltração comunista que promove uma verdadeira lavagem cerebral nos alunos. Como resultado, vem se tornando um antro de desobediência, maus costumes, acrescido de drogas ilícitas, sexo desenfreado, uma fábrica de desajustados.

– Exagero seu, a universidade é um lugar de ensino e pesquisa, onde a discussão política e ideológica está presente, como em qualquer outra do mundo. Numa sociedade repressiva, onde tudo é proibido, também funciona como um espaço de liberdade, de busca, de vivenciar novas experiências, inclusive para contestar o sistema no qual está inserida.

– Vocês são muito jovens – ele agora é o adulto indulgente. – Ainda vão apanhar muito da vida.

– Melhor apanhar da vida do que apanhar da polícia!

– Fica quieta, tô falando com a tua amiga – ele repreende a filha com rispidez, sem tirar os olhos de Valéria. – Conhece o ditado? Quem não é comunista aos 18 anos, não tem coração, e quem continua comunista aos 40, não tem cérebro.

– Sei.

– Pois eu discordo. Na minha concepção, quem é comunista aos 18 não tem cérebro e quem continua aos 40 tem que ser preso. Refiro-me às pessoas do nosso extrato social, porque o populacho não tem alcance para entender os benefícios da democracia.

– Na sua opinião, estamos vivendo numa democracia?

Ele faz um sinal afirmativo com a cabeça.

– Com algumas restrições, até que o povo compreenda que democracia não é baderna e que os extremismos devem ser extirpados.

– O extremismo de esquerda, óbvio – Valéria desafia.

– É o mais nefasto – ele mantém os olhos cravados na garota, que sustenta o olhar por uns instantes, mas logo baixa a cabeça.

Alice imita os acordes de *O guarani*.

– Tan, tan, tararan. E com esse prefixo musical encerramos esse papo furado. Vamos subir, Val.

– Prazer em conhecê-lo – Valéria acompanha a amiga escadaria acima.

O quarto de Valéria tem a cama desarrumada, um móvel com toca-discos e alguns LPs, uma escrivaninha e sobre ela uma máquina de escrever portátil e o livro *O lobo da estepe*, de Hermann Hesse. Na parede, um pôster grande de Janis Joplin, outro menor do Chaplin e algumas pinturas figurativas.

– Que lindas! De quem são?

Alice sacode a cabeça para os lados.

– Não. São tuas?

– Na outra encarnação.

– Ali, isso é muuuito bom!

– Já era.

– Se estão na parede é porque você ainda...

– Esqueci de tirar. Senta aí. Vamos ao que interessa. O que achou da fera?

– Barra.

– Gostei de te ver, Val. Enfrentou o poderoso doutor Ronaldo. Hoje tava mansinho. Na frente dos outros, ele faz seu comercial de paizinho compreensivo, no estilo educado-agressivo tradicional, caprichando na ironia. Quando não tem ninguém por perto, o discurso é: "maconheira", "doida", "vergonha da família", "vou te internar", e por aí vai – Alice respira fundo. – Ele gostava quando eu era uma cocota songamonga. Azar, doutor Ronaldo. Essa personagem já era. O que eu faço, amiga?

– Me conta. Você não tomava pílula?

– Minha gineco mandou trocar de marca. A que eu tomava dizem que provoca câncer. Parei de usar, deu um hiato, fui pela tabelinha e... crau!

– Que vacilo! Quanto tempo?

– Pelas contas, fim de fevereiro. Devo estar com quase três meses.

– Por que deixou passar tanto tempo?

– Negação. A menstruação atrasou e eu pensei: não, isso não pode tá acontecendo comigo, deve ser outra coisa. E vai negando, negando, evita pensar no assunto até que a segunda menstruação atrasa e aí não tem saída. Juro que andava comportada. Naquela semana, tava no fim da tabela, eu crente que não tinha risco e pisei na jaca. Merda!

– De quem é?

– É meu, só meu. Pronto!

Ficam algum tempo em silêncio.

– Tem dois nomes. Um é o Ricky.

– O poeta.

– O meu carma. A gente se encontra na noite e dá nisso. Tem uma coisa forte, sei lá. Foi na véspera da nossa viagem à praia. Pelas contas, tinha certeza que dava. O pior é que foi uma trepada frustrante. E o outro é alguém próximo. Tu vai te surpreender.

– O Cláudio?

– Ô, Val – Alice ergue-se bruscamente e passa a andar em círculos pelo quarto. – Francamente. Que juízo tu faz de mim? Acha que eu treparia com teu namorado?

– Não seria a primeira vez – Valéria comenta e logo se arrepende.

– Foi há séculos. Vocês nem namoravam. Pô, tem que lembrar isso a toda hora? Que merda!

Silêncio.

– Não teria problema. Nossa relação é aberta e... – Valéria se cala.

– Aberta pra ele, que sai com todo mundo. Cau, um galinha. Tu, uma noviça. Baita acordo. Bela feminista tu me saiu.

– Somos pessoas com perspectivas diferentes.

– Ah, conta outra. E me inclui fora das combinações modernosas de vocês.

– Logo quem falando.

– Sei bem que tu me considera uma promíscua.

– Desculpa, desculpa. Não te acho promíscua. Mas você tem os hormônios um tanto exacerbados. Senta aqui, vai. Quem é então?

Alice senta-se na cama ao lado da amiga.

– Ficou curiosinha, é?

– Se não quiser contar, tudo bem.

– Adivinha.

– Não faço a menor ideia.

Alice saboreia por alguns instantes a curiosidade da amiga, até que revela:

– O Álvaro.

– Qual Álvaro?

– Ô, Valéria! O Josef Stalin trotskista, amigo do Cau.

Valéria abre a boca e arregala os olhos.

– O que foi?

– Só tô estranhando, tu e o Álvaro passam se implicando.

– Foi aquela noite na praia.

– Eu pensava que tu tinha dormido com o amigo dele, o Rubem.

– Ô, Val. Rubinho é bicha.

– Na época ninguém sabia.

– Nem eu. Até que tentei. Tudo se encaminhava, ele é bem gostosinho, mas lá pelas tantas a pinta correu pro banheiro e vomitou. Então resolvi tomar um banho de mar, nem sabia que o Álvaro estava lá. Quando vi, estava deitado, agarrado a uma garrafa de vodca, sem camisa. Tirei a roupa, tomei banho, dancei. Tava completamente chapada. Aí deu vontade, a trepada com o Ricky tinha sido uma merda, então...

– O Álvaro.

– Ele meio que não queria. Praticamente tive que comer o cara, mas depois ficou bom. Praquela cara de tanso até que ele não fez feio. Me esperou, não é qualquer um que espera. O que foi?

– Nada. Por coincidência hoje almocei com ele no R.U..

– Tu não contou pra ele?

– Meio que contei.

– Pô, Valéria!

– Como é que eu ia saber? Contei na confiança. Acho um cara legal, não tinha a menor ideia... Por isso que ele ficou quieto, pensativo, parou de comer.

– Ele não pode saber do nosso papo, hein?

– Como é que você tá se sentindo?

– Se fosse resumir numa palavra, eu diria envergonhada. Como é que caí nessa? Não sinto vontade de fazer nada. Saio pra rua e só vejo carrinho de bebê, criança chupando pirulito, olhares acusadores, como que adivinhando. Que sacooooo!

– Eles não perceberam? – ela aponta para a porta.

– Estranham que eu tô muito em casa. Só vou à aula quando tem prova e volto, não saio, não quero ver ninguém, não bebo, não fumo, não consigo fazer nada, tô com nojo de sexo. Não quero saber de homem. Acho que vou virar sapatão. Mas daqui a pouco vão se dar conta – ela alisa o ventre.

– O que você pretende fazer?

– Quando eu começo a raciocinar, a vergonha se transforma em culpa. Primeiro, a culpa de ter um bebê que não quero, portanto, seria uma péssima mãe, pior que a minha, pobre criança. Isso no campo das hipóteses, porque não quero e não vou ter de jeito nenhum. E tem a culpa de decidir pelo aborto, que é mais forte porque significa uma ação de ruptura, que muita gente considera um crime.

– Bom, acho que você já decidiu, o que é muito importante. É o momento de tomar as providências pra resolver logo a situação e tirar esse peso...

– Tirar o bebê, tu quer dizer.

– Falo do peso que essa situação ocasiona.

– Val, acho que tu não tá te dando conta. Tem uma coisinha crescendo dentro de mim, entende? Uma coisinha intrusa, incômoda, mas de alguma maneira eu sinto alguma coisa por ela, não sei bem o quê. Ando tendo uns sonhos. Eu com um bebê sorridente no colo, num lugar todo branco, o bebê sorri, conversa comigo, pede pra nascer. De repente fica tudo escuro e, quando volta o sonho, o bebê sou eu e estou no colo da minha mãe, ela me enche de osso e não consigo dizer nada porque não sei falar.

– Piração tua.

– Tenho a sensação de que a minha mãe não queria que eu nascesse. Toda hora joga na minha cara que eu nasci dela, portanto, devo respeito, que sou numa ingrata, blá-blá-blá. Uma vez disse: maldita hora que tu nasceu. Vê se uma mãe pode falar isso pruma filha. Essa é a dona Natália! Então, vê que louco, se ela fizesse um aborto eu não teria nascido, já imaginou?

– O estresse emocional gera fantasias desse tipo.

– Penso em tirar e começa o choro. Eros e Tanatos brigando furiosamente dentro do meu cérebro. Que poder sinistro. Decidir se deixa a sementinha virar uma pessoa ou interrompe uma vida em formação. Vida e morte. É perverso, puta que pariu!

– Não entra numas. Não se pode matar o que não nasceu. O feto, desculpa falar assim, não é uma pessoa, e sim parte do teu corpo. O corpo é teu, a vida é tua. Só tu pode decidir sobre ele.

– Mantra feminista não funciona nessa hora.

– Pelo contrário, é aí que funciona. Pra combater a culpa cristã que nos incutiram, a obrigação da maternidade. Ser mulher é foda. Eu me coloco no teu lugar. Fico pensando o que eu faria se fosse comigo.

– O que tu faria?

– Eu só teria um filho se fosse um projeto de vida maduro e bem planejado.

– Quer que eu aborte?

– Se você decidisse ter, de verdade, eu daria a maior força, juro. Te ajudaria a criar. Só quero que você decida sem culpa. O importante agora é racionalizar, ainda mais que tá se aproximando a data-limite.

– Já decidi.

– Então, é preciso tomar providência, e rápido. Pode deixar que eu vou atrás de uns esquemas seguros.

– E depois, como é que eu vou me sentir?

– Depois é tratar o sofrimento, a culpa, talvez fazer um bom tratamento psicológico.

– Só se for contigo.

– Eu não posso. Mesmo que eu já fosse formada, não poderia analisar uma amiga. Mas conheço umas psicólogas bem legais. Vai levar um tempo pra curar, mas tudo tem jeito, vai por mim.

Alice coloca a cabeça no colo de Valéria.

– Conta comigo pra tudo, querida – Valéria move os dedos afundados na vasta cabeleira ruiva da amiga.

– Então canta aquela música da Carole King que tu gosta e eu achava um saco.

– Eu canto mal. Você não suporta.

– Vai, canta, mesmo com essa voz gasguita.

Valéria sussurra.

– When you're down and troubled, and you need a helping hand.

Alice cai num choro suave e soluçante.

13. Preso na noite veloz

O ruído intermitente da impressora soa como um trem rumo ao infinito. Sem se dar conta, Álvaro balança a cabeça no ritmo da máquina, e isso lhe produz uma tensão que enrijece seus músculos a ponto de sentir dor em torno do pescoço. São oito horas e seus colegas já estão limpando as máquinas com panos de estopa embebidos em benzina. Celso Rudiger, o dono da gráfica, a quem todos chamam de Alemão, vai até ele.

– Preciso saber se o teu emprego no jornal tá de pé?

– Praticamente. Segunda-feira que eu vou saber certo e te falo.

– Porque eu preciso pôr alguém no teu lugar.

– Claro. Pode deixar.

– O pessoal vai sair pra beber, um 1º de maio antecipado. Vamos nessa?

– Tenho que terminar esse material da oposição metalúrgica, eles vêm buscar amanhã. Se der tempo, encontro vocês. No Elpídio?

Alemão faz que sim.

– Tô te achando meio acabrunhado, quietão.

– Nada, não.

Alemão permanece por ali.

– Olha, guri. Sabe que tu é quem nem um filho pra mim. Quer conversar, tô aqui.

– Ando encasquetado, com um pepinão pra descascar. É um assunto chato.

– Conta aí.

– No verão, trepei com uma guria, loucura de praia, festa, bebedeira, enfim, aconteceu. Hoje, fiquei sabendo que ela engravidou.

– Então quem tá com um pepinão é ela – Alemão ri, mas o outro não se altera. – É teu mesmo?

– Provável que sim, de formas que tô nessa, sem saber como agir, uma baita culpa no cartório.

– Bom, se te consola, aconteceu comigo há vinte anos. Resolvi da seguinte maneira: casei com a Marisa e hoje estamos muito bem, obrigado.

– Não é o caso. Foi um episódio fortuito.

– Fortuito. Que palavra bonita.

– Não goza. Depois daquilo não se tocou mais no assunto, nem da minha parte nem da dela. A gente se encontra em bar e é como se não tivesse acontecido nada. Aliás, eu tava mesmo é a fim de outra guria do grupo.

– Que moderno. Era a fim de uma, mas comeu a outra.

– Praticamente ela que me comeu. O fato é que precisamente hoje fiquei sabendo da *novidade*.

– Hoje em dia, essas coisas se resolvem de um jeito ou de outro, tu sabe o que eu tô falando.

Alguém grita da porta:

– Tu vem ou não vem, Alemão? Carrega o Alvinho junto!

– Vão indo, e já pede um steinhaeger pra mim.

– Tu conhece a minha história, Alemão. Sabe que eu nasci de uma situação desse tipo. Uma trepada espúria, uma gravidez indesejada e tô eu aqui.

– Não dá pra comparar, Alvinho. São duas coisas bem diferentes. Imagino o teu dilema, sei que tu é um cara responsável, solidário, mas não entra numas. A guria tem grana?

– Podre de rica.

– Os ricos resolvem bem essas coisas, sem maiores dramas morais.

– Sei, mas fica uma coisa atravessada, um gosto azedo na boca, uma culpa estranha. Não sei se devo falar com ela.

– Natural. Tu é um guri de boa índole. Se fosse mau-caráter, nem ligava. Ela te procurou?

– Nem vai procurar.

– Segue o meu conselho: fica na tua e vê como a coisa anda. É o mais sensato, por enquanto. Se for demandado, bom, aí são outros quinhentos.

– Tem razão. Bueno, preciso fechar esse trabalho.

– Tô há horas pra te perguntar do teu tio, como é que anda o *Negão*?

– Estava na Argentina até o golpe. Deve continuar por lá, clandestino. De vez em quando, minha mãe recebe umas cartas assinadas com nome de mulher e umas bobagens escritas, às vezes postadas no Uruguai, outras, na fronteira. É o jeito dele comunicar que está bem. Ou, pelo menos, vivo.

– Gostava muito do Ernesto. Amigo do peito, valente, esclarecido, tinha política na cabeça – ele ergue o indicador. – Política, não. Ideologia. Mas não tinha paciência. Quando a coisa encrespou, ele decidiu ir pra luta armada.

– Foi depois daquela sessão de tortura em que quase tiraram o couro dele.

– Eu falava: calma, Negão, é hora de se recolher, esperar o tempo abrir, mas ele não ouvia mais, tava ensandecido. Tá fazendo falta e vai fazer mais ainda na retomada do movimento sindical.

– Ele volta. Quando sair a anistia, ele volta.

– Tomara. Tu precisa te animar, guri. Olha, termina essa impressão e aparece lá no Elpídio. Hoje eu pago, sem descontar do ordenado – ele ergue o punho e imita os acordes da Internacional Comunista. – Taran-tarantaran-tan. Trabalhadores do mundo, uni-vos, nem que seja no bar!

Alemão veste o paletó.

– Vamos te esperar, hein? Não te fresqueia. E quando sair, tranca a porta e o cadeado.

Sozinho na gráfica, Álvaro liga o rádio de pilha. A voz sensual de Simone faz um estranho dueto com o ruído ritmado da impressora:

O que será que me dá/que dá dentro da gente, que não devia/Que desacata a gente, que é revelia

Cau está quase deitado sobre Valéria, beija-lhe a boca com sofreguidão, enfia a mão sob o vestido dela, tenta tirar sua blusa. Ela mantém o corpo rígido, tranca as pernas e tenta afastá-lo com as mãos. Ele insiste por mais alguns momentos, até que se endireita no sofá, ofegante.

– Ô, Valzinha. Já faz dias...

– Você não tem um compromisso com seus amigos?

– Dá tempo pra uma rapidinha.

– Não tô no clima – ela ajeita a roupa. – A gente pode bater um papo, aproveitar esses minutos. Me conta alguma coisa boa.

– Coisa boa? Então vou te dar uma baita notícia. Já te falei que o coroa tem uns imóveis, comprados nos tempos miraculosos. Alguns ele tá vendendo, mas tem um apê que é uma teteia, numa travessa da Protásio. Dois quartos, sacada, garagem, dependência. O contrato de aluguel vence no final do ano. Que acha?

– O inquilino não pode renovar?

– O coroa mete uma denúncia vazia nele e já era.

– Ué, nós não somos contra a denúncia vazia?

– Ô, Val. É pra nós, pra começar nossa vida.

Valéria dá de ombros.

– Não senti firmeza – ele estranha. – O que tá acontecendo? Me fala.

– Sei lá. Essa sua insistência de apressar as coisas tá me deixando estonteada. Acho que é isso.

– Se não me engano, a gente combinou morar junto de comum acordo ou eu tô louco?

– Há uma diferença de sintonia. Eu entendi nosso papo como uma intenção de morarmos juntos mais adiante, o que me deu uma alternativa gostosa de futuro. Mas você já está tomando providências, vendo casa, emprego. Eu fico um pouco zonza.

– Desistiu? Mudou de ideia?

– Não, mas ainda faltam três anos pra me formar e essa é a minha prioridade no momento.

– Tô te estranhando. Pensei que a nossa relação tivesse acima de tudo. Que eu fosse a coisa mais importante pra ti, mas tô vendo que...

– Você tá sempre acelerado, a 120 por hora. No trânsito, na vida – "na cama", ela pensa, mas não diz.

– Tá te queixando?

– Não consigo te acompanhar. Se você reduzir pra 80 vai aproveitar melhor o passeio, a paisagem, a vida – "o sexo", outra vez pensa, mas não diz.

– Mas bem que a gente podia... – ele coloca a mão no seio dela sobre a blusa.

– Hoje tá um dia complicado – ela se desvencilha e busca uma desculpa. – Estive com a Alice. Ela tá enfrentando uma barra, tá muito pra baixo, acho que a depressão dela me contagiou.

– O que houve com ela?

– Depois te conto.

– Conta aí! – Cau insiste.

– Outro dia – Valéria precisa mudar de assunto. – Ah, hoje encontrei o Álvaro. Por acaso.

Cau se retrai.

– Hum, um dia de muitas emoções e reencontros. Foram ao cinema? – ele ironiza.

– Eu tava no R.U., ele apareceu, acabamos almoçando juntos. Não o via há tempo.

– Também faz dias que não vejo aquela peça.

– Tão de mal?

– Não. Só não temos nos encontrado. Perguntou de mim?

– Não lembro. Falou que tá conseguindo emprego num jornal.

– Que bom. Aí deixa de ser operário e vira pequeno-burguês de fato. Quem sabe, baixa a crista.

– Ih!

– Tô brincando. Bom, já que ninguém me tira pra dançar, vou nessa. Não quer ir mesmo?

– Tô exausta. Boa festa e te comporta! – quase o empurra porta afora.

Cumpridas as duas mil impressões, a máquina cessa. Álvaro termina de ler o poema de Ferreira Gullar:

Desde quando tua vida parou?/Falas dos desastres, dos crimes, dos adultérios, mas são leitura de jornal./Fremes ao pensar em certo filme que viste: a vida, a vida é bela!

Olha o relógio de parede. Onze e meia. Fecha o livro. Até ali, pretendia ir ao bar encontrar os colegas, mas muda de ideia. Tranca o cadeado da gráfica e sai dali disposto a uma longa caminhada da Azenha até a Cidade Baixa, ainda com o ruído intermitente da impressora-locomotiva reverberando pelos túneis e planícies do seu cérebro. O "assunto" tenta penetrar por todas as brechas de sua mente. Ele procura desviar o pensamento para qualquer outra coisa, mas é inútil. Toda a sua preocupação afunila para um único ponto: como Valéria reagirá assim que Alice o colocar como provável protagonista da gravidez.

No meio do caminho, arrepende-se de não ter ido ao bar. Poderia passar o tempo com as conversas sobre futebol, as fofocas do sindicato, as piadas do Alemão, que todos riem não por ele ser o patrão, mas porque são boas mesmo. Na esquina da Ipiranga, os automóveis passam na velocidade desesperada das sextas-feiras, disputam *rachas*, alguns com descarga aberta, com a qual os motoristas buscam chamar a atenção para si, para seus bólidos rebaixados, seus pneus banda larga, suas rodas de liga de magnésio.

O poema de Ferreira Gullar ecoa:

Depois de um dia inteiro de trabalho voltas para casa, cansado./Já é noite em teu bairro e as mocinhas de calças compridas desceram para a porta após o jantar./Os namorados vão ao cinema./As empregadas surgem das entradas de serviço. Caminhas na calçada escura

Tortura-se por várias quadras. Sente-se um vilão involuntário, coberto de vergonha, em breve será exposto à execração geral e, o pior: sem poder fazer nada quanto a isso. Ao passar diante da porta do Love Story, alguém lá de dentro grita seu nome. Olha para o interior do bar e enxerga dois colegas do Jornalismo, Demétrio e Tonho, sentados à mesa mais próxima da foto gigantesca de Ali McGraw e Ryan O'Neal.

– Perdido na noite, faixa? – saúda Demétrio.

– Na lida.

– Até agora? Esse é galo.

– É. Dorme no pau e amanhece cantando – completa Tonho, com uma risada.

– Engraçadinho o *amigón* aí – comenta Álvaro, ao sentar-se com a dupla.

– E essa barbicha ridícula?

– Sua genitora pediu.

– Não bota a mãe no meio que eu boto no meio da tua.

– Qual é a barbada?

– Estamos falando de *você sabe quem*. Ele era o sexto nome da lista quíntupla – conta Demétrio.

– Epa! Sexto entre cinco, a conta não fecha.

– Exatamente. Era o sexto. Aí, o cara mexeu os pauzinhos e o nazista-mor de Brasília mandou o reitor escolher esse cretino pra diretor da faculdade como prêmio.

– Só pode ser pelos serviços prestados ao desenvolvimento da estupidez humana.

– Da ditadura, tu quer dizer.

– Dá no mesmo.

Álvaro pede uma cerveja. Em volta do pôster do filme, as paredes do bar são ornamentadas com cartazes duplo ofício de peças de Brecht e Guarnieri encenadas no Teatro Arena, algumas protagonizadas pelo próprio dono do bar, o Jesus, ex-operário da construção civil, o qual, por conta desse meritório currículo artístico-político, o pessoal da esquerda considera "dos nossos".

Excluindo Jesus e sua companheira, uma bela ruiva uruguaia, ex-trapezista de circo, que atende no caixa e faz a iluminação de algumas peças do Arena, ninguém mais entre os que costumam aparecer por ali merece a distinção "dos nossos". Os habitués são gigolôs, travestis, prostitutas, policiais e contraventores dos mais diversos calibres, muitas vezes partilhando as mesmas mesas e as mesmas tramoias, evidenciando uma descarada promiscuidade entre homens da lei e foras da lei.

Mas nessa noite quem vai brilhar, ao entrar em cena, é uma atriz do centro do país, cujo nome nenhum dos futuros jornalistas consegue lembrar. Ela desliza entre as mesas a passos felinos, acompanhada de um galã de novelas que nenhum deles recorda o nome e um sujeito rotundo que fala pelos cotovelos. Sentam-se a duas mesas do grupo de Álvaro.

– Deus o livre! – exclama Demétrio.

Jesus traz uma cerveja gelada à mesa e se torna alvo de um interrogatório.

– Caiu um botão aqui. Quem é a deusa?

– Não conhecem? Trabalha na novela das oito.

– Nome?

– Como é mesmo? – ele aperta os olhos por alguns segundos. – Tá aqui na ponta da língua. Peraí que eu vou perguntar pra Bruna. Sei que tá com uma peça no Leopoldina com o Altair Lima. O Altair vocês conhecem, né? – ele aponta discretamente com o queixo para o acompanhante da deusa.

– Galã de segunda – comenta Antônio, com algum despeito.

– Mas tava na montagem original do *Hair*. Não é pra qualquer Jesus da vida. Querem carreteiro?

A conversa silencia por alguns instantes em homenagem à visitante, que acende um cigarro em *slow motion*, entediada com a conversa agitada do sujeito rotundo. Logo, a mesa dos estudantes volta a palpitar

– E o que é aquele Baggio? Na primeira aula, veio com essa: uma entrevista requer no mínimo dois elementos, o entrevistado e o entrevistador. Aí deu, né. Peguei minhas coisas e me mandei.

– E a louca de RP que disse que a gente precisa conversar com as plantas.

– Como é que é?

– Disse que curou uma azaleia só no bate-papo.

– Essa aí não é bem certa.

– Pior o coronel de EPB. O Brasil estava a um passo do abismo. Hoje, marcha com segurança para o desenvolvimento.

– Tá meio desatualizado.

– Aquilo é só propaganda da ditadura.

A atriz de nome desconhecido alterna longas tragadas e longos suspiros. Por vezes, recolhe algum resíduo de fumo da língua com dedos de unhas vermelhas e olha impaciente para o galã do *Hair*, metido numa discussão com o sujeito rotundo.

– Fala alguma coisa, meu – Demétrio interpela Álvaro.

– Não tô com saco. Vocês tão sendo severos. Tem bons professores.

– Diz um!

– O Silveira. Tribom.

– Esse deveria receber dois salários. Um pra ele, outro pro ego.

– A Lídia.

– Não suporto aquela vozinha.

– Nunca trabalhou em jornal.

O quadro docente da Faculdade de Jornalismo passa por um profundo raio X na mesa dos estudantes até que a deusa se levanta languidamente e segue os passos agitados do Altair Lima, sob o silêncio geral e os olhares invejosos das prostitutas e dos travestis. Ao sair, foi como se o Love Story fosse eternamente condenado às trevas. É a senha para Álvaro se erguer.

– Bueno, vou cair – Álvaro retira algumas notas da carteira e as deixa sobre a mesa. – Pago uma.

– Só?

Volta a pegar a carteira.

– Uma e meia.

– Peraí! Daqui vamos pro uniãozinho. Vem junto!

– Paquerar as empregadinhas do bairro? Ótimo, pode ser que essa proximidade com a classe trabalhadora fortaleça a consciência revolucionária de vocês, que anda meio frouxa. É só gandaia. Trabalho político que é bom... Fui nessa.

– Vai pela sombra, seu bundão.

A cerveja torna as coisas mais suportáveis. A locomotiva começa a se afastar para algum destino longínquo, deixando uma leve dor de cabeça, e o "assunto" já não se impõe com tanta facilidade. Atravessa a Venâncio Aires. Na vitrine do Cine Avenida, vê o rosto assustado de Geraldine Chaplin. *Cría cuervos,* preciso ver esse filme, Álvaro murmura como um compromisso de honra pra si mesmo.

Arrasta-se pela João Pessoa, cada vez mais perto de uma Veraneio marrom estacionada um pouco adiante da algaravia de travestis em torno da boate Colyseu. Um grupo de PMs movimenta-se em torno de um rapaz negro que resmunga com as pernas afastadas e as mãos na parede. Um policial bate com a ponta do cassetete em suas costas. O rapaz geme e lança a Álvaro um olhar suplicante. Ele sente pena do sujeito, mas disfarça, não quer incomodação pro seu lado. Porém, o soldado o interpela:

– Tá olhando o quê?

– Nada, não.

– Gosta de negro? Aliás, tu parece meio negãozinho.

– Ô, meu. Tô cansado, não fiz nada. Só quero ir pra casa.

– Documento.

Contrariado, apalpa os bolsos das calças e da jaqueta, abre a fivela da bolsa de couro e vasculha o seu interior. Nada. Um rápido *flash back*. Love Story. Cinco minutos atrás. Levanta-se, pega a carteira, retira umas notas e as deixa sobre a mesa. As notas e... a carteira. O coração acelera.

– Olha, eu tava bebendo no Love Story, sabe o bar ali adiante? Na hora de pagar, devo ter esquecido a carteira na mesa.

– Mãos na parede!

– Qual é, meu?

– Que *meu*? Não sou nada teu, seu vagabundo. Tenente, o moço aqui tá sem documento.

O tenente abandona o rapaz negro.

– Não sabe que qualquer cidadão é obrigado a portar documentos sob pena de ser detido por vadiagem?

– Pois então. Vou ali no bar, busco a carteira em dois minutos e o nosso problema tá resolvido.

– Nosso? Eu não tenho problema nenhum. Tu tem, soldado?

– O único com problema aqui é ele.

– Me expressei mal. Quis dizer que...

– Quietinho. Só fala quando eu perguntar – o tenente aponta para a bolsa de couro e ordena ao soldado: – Vê o que tem aí.

O soldado começa a tirar coisas da bolsa e, simultaneamente, informar ao capitão:

– Folheto da Oposição Sindical dos Metalúrgicos. Não parece operário. Tem mais cara de agitador.

– Trabalho numa gráfica.

– Alguém te perguntou? O que mais?

– Jornal *Movimento*... Não é um jornal comunista? Uma revista *Teoria e Ação*. De política, tenente. Um livro: *Dentro da noite veloz*. Uma papelada em xerox.

– O que está escrito? Lê um trecho.

– Deixa eu ver na luz. Olha aqui: "A re-de-mo-cra-ti-za--ção do país passa pelo des-man-te-la-mento do aparelho repressivo". Opa! Essa é conosco, tenente.

Polígrafo distribuído em uma reunião com um cara das antigas que veio de São Paulo, clandestino, tentando recrutar gente para uma nova organização que busca retomar ações armadas com o propósito de agudizar as contradições do sistema

– o que Álvaro considerou um disparate, mas ficou de ler o documento e não leu.

– Que merda é essa?

– Trabalho de aula. Posso explicar. Sou estudante de Jornalismo e...

– Pra mim, tu não vai explicar nada, e sim pros colegas do Dops – e faz um gesto para os soldados. – Bota no camburão!

Antes de fechar a porta, um dos brigadianos diz, excitado:

– Se o delegado Pedro tiver de plantão, tu tá fudido, meu.

"Não sou nada teu, seu pé de porco de merda", Álvaro pensa, mas não diz.

Até instantes atrás Álvaro estava seguro, indo para casa, afundado em suas vicissitudes existenciais. Porém, como ele costuma dizer, a coisa mudou de figura. Agora está curvado no banco escuro de uma Veraneio da Brigada, o corpo listrado por tiras de luz, que entram pelas frestas na porta traseira. E quanto mais pensa, mais possibilidades incômodas se escancaram diante dele. Vão me interrogar, vou ser torturado, vou fraquejar e delatar meus camaradas, vão sumir comigo. O pior: ninguém sabe de seu paradeiro.

O trajeto é curto. Quando a porta se abre, ele percebe que está diante do Palácio da Polícia. Permite, sem resistência, que o empurrem porta adentro do prédio cinzento. Quando o fazem subir as escadas, é como se enxergasse a caveira da morte, com seu capuz e sua foice gargalhando para ele. Álvaro sabe que no segundo andar situa-se o Departamento de Ordem Política e Social, o Dops, o que significa interrogatório, luzinha na cara, tortura, cassetete no rabo, choque elétrico nas bolas, pau-de-arara, afogamento, gritos e gemidos.

Atrás do guichê, numa espécie de antessala, enxerga dois caras sentados diante de uma TV portátil, um jovem cabeludo e outro já entrado nos quarenta. Um terceiro sujeito, que lhe parece mais esperto, está de pé, com sua leva-tudo de couro, a alça presa ao pulso como quem encerrou o expediente. Por isso mesmo irrita-se com a presença da comitiva. O tenente entrega a ele a bolsa, aponta para Álvaro, cochicha ao seu ouvido, troca risinhos cúmplices e vai embora. O agente some por um corredor com a bolsa.

Passam-se alguns minutos. Ele volta lá de dentro e faz um sinal para que Álvaro o acompanhe por uma porta lateral. Numa peça pequena e fria, com piso de lajotas, ordena que ele tire a roupa. O rapaz tenta dizer que não entende o que está acontecendo, mas o tipo não dá conversa.

– Faz o que eu tô mandando.

Álvaro fica só de cuecas. O policial exclama:

– Tudo!

Vasculha as roupas e encontra o radinho de pilha no bolso da jaqueta. Aciona o botão.

– *Na Porto Alegre da Esquina Maldita, duas horas.*

– Ouvinte da Continental, é?

– A música é boa.

– Rádio subversiva, não acha?

– Questão de gosto.

– Por mim, tavam todos em cana. O que tá esperando? Tenho cara de quem gosta de ver homem pelado? Te veste!

Voltam à antessala. O policial entrega o rádio de pilha a um dos colegas, que o coloca na gaveta, apanha sua leva-tudo e ordena:

– Fichem o cara e localizem o delegado Pedro, o material está na mesa dele. Tem coisa pesada ali. Boa noite.

"Merda de noite" – pensa Álvaro.

Enquanto o policial mais velho roda o dedo várias vezes no disco do telefone, o cabeludo emparelha duas folhas de ofício intercaladas com papel carbono no rolo da máquina de escrever e inicia as perguntas.

– Nome completo?

– Álvaro de Souza.

– Idade?

– 24 anos.

– Endereço?

– Sofia Veloso, 235 – diz e se arrepende porque a informação poderá ser usada contra ele. "Os argentinos".

– Nome dos pais?

– Jandira de Souza.

O cabeludo ergue a cabeça.

– E o pai?

– Não tenho.

Os dois policiais trocam olhares de escárnio.

– Profissão?

– Operário gráfico.

– Local de trabalho?

Álvaro fica em silêncio. O policial insiste.

– É surdo?

– Gráfica Vitória.

– Religião?

– Fui batizado.

– Católico?

– Fui batizado na Igreja Católica.

– Grau de instrução?

– Estou cursando a universidade. Jornalismo.

– Pertence a algum grupo político?

– Não.

– Melhor contar a verdade, porque vamos ficar sabendo de um jeito ou de outro.

– Não pertenço a nenhum grupo.

O policial retira as folhas da máquina, guarda na gaveta e pergunta ao outro, que não para de discar.

– E aí?

– Nada ainda.

Álvaro é conduzido para uma sala diminuta e despojada – mesinha, duas cadeiras, arquivo de metal com três gavetas, sem janelas.

– Por enquanto, tu fica aqui, quietinho. Logo que o delegado Pedro aparecer, vamos pra outra sala, mais bem equipada – ele ri, com sarcasmo. – Reza pra ele não chegar de mau humor, senão tu vai ver o que é bom pra tosse.

Álvaro conhece o delegado Pedro de fama. Apareceu bastante nos jornais e noticiários da TV, quando foi acusado da morte de um rapaz de 13 anos, filho da sua empregada, que ele teria levado para o Dops para lhe dar um castigo por haver supostamente se apropriado de contribuições da igreja. Um castigo que resultou na morte do garoto por afogamento, corpo repleto de hematomas, porém o poderoso agente da lei safou-se valendo-se de uma rede jurídico-policial de impunidade.

Mas antes disso, seu tio já havia contado sobre ele, com sangue nos olhos e os dentes rilhando.

Último chimarrão com o tio Ernesto, no pátio da casa de Viamão, cinco anos atrás.

– Vou te falar porque, se tu quer mesmo se meter em política, tem que estar ciente do risco, viu, guri? Não vou entrar em detalhes da minha militância, é melhor tu não saber pra tua própria segurança. Isso tu tem que aprender. Regra número um: não falar mais do que é extremamente necessário, mesmo pra pessoas de confiança. Põe isso na cabeça. O que interessa nesse papo é que fui preso na saída da gráfica, os ratos tavam de campana, vieram de três pra cima de mim, me encapuzaram, jogaram num auto e me levaram pro Dops. Já cheguei apanhando. Porrada de tudo quanto é jeito, soco na

cabeça, chute no saco, me pisotearam. Durou uns dez minutos. Pra me amaciar. Então surgiu a peça, pose de artista de novela, magro, alto, queixo quadrado, sobrancelhas espessas, cabelos grisalhos armados em um penteado Pigmalião, que não se usa mais, terno branco, camisa preta, gravata extravagante, perfume enjoativo. Eu, pelado, já sem capuz, amarrado numa cadeira, uma lâmpada de não sei quantos volts na cara, uns quatro ou cinco ratos ao redor. Já chegou cagando regra: vai falando que eu não tenho a noite inteira. Falar o quê? Adivinha: os companheiros, ora. Não tenho nada pra falar. Pra quê? O que estava atrás de mim me aplicou um telefone que me deixou aturdido uns bons minutos. O tipo veio de novo: quero nomes, endereços, tudo direitinho, senão a coisa fica pior pro teu lado. Repeti: não tenho nada pra falar. Escuta aqui, negão. Nós tamos te tratando a pão de ló, então faz a tua parte: canta direitinho, afinadinho e aí tu vai dormir que nem um bebê, caso contrário vou te apresentar pro inferno. Olhei pra ele sem dizer nada. Ele fez um gesto. Um dos caras arrastou uma mesinha com um aparelho quadrado de metal, uma espécie de gerador, com uma manivela, alguns botões e fios elétricos com prendedores nas pontas. A famosa maricota, os castelhanos chamam de picaña. Começaram a prender os fios primeiro nas minhas orelhas. E então, negão? Ainda dá tempo, ele ameaçou. Fiquei na minha, olhando pro cara. Ele balançou a cabeça e um dos ratinhos girou a manivela. Vi tudo escuro. Senti a descarga elétrica percorrendo o corpo inteiro, tremia, cheguei a me mijar. O delegado caminhava em torno da sala, conversava com os subalternos, enquanto o operador da máquina ligava e desligava, às vezes aumentava a voltagem. Vendo que não dava certo, prenderam os fios nos meus dedos. O tremor subia pelos braços, pelo pescoço, alcançava o cérebro, meu corpo sacudindo. Durou alguns segundos. É estranho o cara escutar seus próprios berros, uma coisa meio apavorante. Devo ter desmaiado, porque acordei sozinho, numa cela escura, sem ventilação, sem noção do tempo, o corpo dolorido, repleto de hematomas, sangrando no nariz. Custei a cair na real.

Segundo tempo. Ele já estava na sala, camisa arremangada. Com ele tinha um outro sujeito, que não parecia policial, mas um grã-fino, com uma expressão sádica, que se divertia com tudo aquilo. Vou te dar uma chance, negão, ele disse. Olhei pra ele e não disse nada. Molharam meu corpo. Corpo molhado é pior. Os caras em volta riam com indiferença, alguns mais sádicos gargalhavam. Eu tremia. Tentava gritar "covardes", "assassinos", mas a voz não saía. Fiquei assim não sei quanto tempo. Aí veio o pau-de-arara, sabe o que é? Um cavalete com uma trava em cima. Te colocam com a trave atrás dos joelhos dobrados, as mãos amarradas por baixo deles. É melhor que choque, tu pensa, e aí o tempo vai passando, vem a câimbra, o formigamento, o corpo parece que vai desligando, tu acha que vai morrer, desmaia, acorda e aquilo continua. Não vou me espichar, foram vários dias assim, não sei quantos.

– Não entregou ninguém?

– Eu tinha algumas informações, não todas. Mas entregar alguém estava fora de cogitação.

– Como aguentar a dor?

– Não é fácil, mas precisa pensar o seguinte: em algum momento aquilo vai acabar, e se apegar a isso.

– Mas a dor, na hora?

– Nesse momento, consola pensar que tu está em posição favorável.

– Como assim?

– Eles têm de tudo, força, pau-de-arara, maricota, tortura, mas não têm o que mais querem, as informações que tu pode dar.

– Não me convence. Os caras têm o poder de te matar.

– Pode acreditar que às vezes tu pensa que é melhor morrer. Mas, salvo exceções, eles não querem te matar, nem só machucar teu corpo. O que eles querem é te humilhar, te espezinhar, te transformar num verme. E isso tu não pode permitir.

A qualquer momento ele entrará na saleta. Perguntará sobre os documentos, especialmente o texto trazido pelo sujeito de São Paulo. Como chegou até ele, quem são seus companheiros nessa aventura, quero nomes! E quando olhar na ficha, a Gráfica Vitória, vai lembrar do perigoso Ernesto de Souza, o *Alfredo*, terrorista, ladrão de banco, indagará se Álvaro o conheceu. Não, não conheci. E quando ler o endereço, vai querer saber sobre o casal de argentinos. Não conheci, não tive contato. E ele não vai se satisfazer com suas respostas genéricas, seus despistes. Será levado para outra sala. Seria a mesma em que seu tio foi espancado, eletrocutado, seviciado de todas as formas?

Alguém abre a porta. O coração pula.

O agente cabeludo comunica, com desprezo.

– Tá com sorte, seu pau no cu. Dispensado.

Ele segue o agente, ainda desconfiado. Na sala da frente, o outro lhe entrega a bolsa de couro vazia.

– O livro?

– Confiscado. Te manda!

– E o meu rádio?

– Que rádio? – contesta o cabeludo.

– Meu rádio de pilha ali na gaveta.

– Não tem nenhum rádio aqui. Dá o fora!

O que eles querem é te humilhar, te espezinhar, te transformar num verme. E isso tu não pode permitir.

– Não saio sem o meu rádio.

O cabeludo o empurra com as duas mãos. Álvaro recua dois passos e mantém os olhos no policial.

– Não brinca com a sorte que tu vai te estrepar. Some!

Álvaro não arreda pé, os dois se encaram com fúria.

– Dá essa merda pra ele duma vez – o policial quarentão tenta contemporizar.

Contrariado, o rapaz abre uma gaveta, pega o pequeno aparelho e espicha o braço. Quando Álvaro vai apanhá-lo, o policial abre a mão e deixa o rádio cair. A seguir, pisa em cima com o calcanhar. Álvaro junta os cacos – plástico quebrado, botões, pilha, fios, transistores – e os coloca no bolso da jaqueta. Ergue-se e encara o cabeludo:

– Te sente melhor?

O cabeludo solta fogo pelas ventas.

– Some daqui antes que eu me arrependa.

Segunda-feira. O chá de banco já dura quase uma hora. Álvaro está sentado em uma cadeira diante da mesa do diretor do jornal. Levanta-se, alonga os braços, vai à janela, olha o movimento na rua, examina os livros da estante, torna a sentar-se, folheia o jornal, até o sujeito aparecer.

– Bem, estou me apresentando, conforme o combinado.

O diretor mantém-se de pé junto à porta, mas evita olhá-lo de frente.

– Sinto muito, mas vamos ter que deixar a nossa combinação para um outro momento.

– Eu pensei que estava tudo certo. Já encaminhei toda a documentação, pretendia começar hoje mesmo.

– Infelizmente, houve uma contraordem. Fiquei de mãos amarradas.

Álvaro entende: a ficha do Dops.

– Algo a ver com a política?

– Não dependeu de mim.

– Gostaria pelo menos de ouvir uma justificativa.

O diretor pensa um pouco e fala, escolhendo as palavras.

– Meu rapaz, em *off*, fica entre nós. No Brasil de hoje, existem algumas condicionantes das quais não podemos fugir. Não pense que eu gosto desse papel. Espero, sinceramente, que isso acabe em breve.

E mais não diz. Álvaro percebe que a conversa não tem futuro e sai porta afora sem se despedir.

14. Duas semanas antes do dia

– Álvaro! Telefone pra ti.

– É a Sandra Bréa pelada?

– Não. É o Tony Tornado de pau duro.

– Alô?

– Preferia que fosse a Sandra Bréa?

– O-oi, Valéria. Não, peraí.

Álvaro tapa o bocal e grita para Ernani.

– Fia da puta! Tu me paga.

Depois volta à ligação.

– É uma brincadeira nossa.

– Deve ser muito divertida – Valéria ironiza. – Fiquei com a impressão de estar ligando pra uma borracharia, credo.

– Não leva a mal. Tô numa cruzada pra moralizar a nossa *república*.

– Deu pra notar.

– Que qui manda, guria?

– Tem algum compromisso pra hoje à noite?

Quinta-feira: futebol de salão com a turma da gráfica.

– Nada importante.

– Tô marcando uma reunião aqui em casa pra tratar de um assunto muito grave. Eu, você, o Cláudio e o Rubem. Às oito, mas queria que você viesse meia hora antes, pode ser?

– Claro, mas o que seria?

– Chegando aqui eu te falo. Avisa o Rubem?

Pontualmente às sete e meia, Álvaro está diante de Valéria, mas percebe uma tensão no ar.

– Antes que o pessoal chegue, você tá sabendo da situação da Alice?

– Por cima. Sei que ela entrou em crise com a família, surtou, até aí.

– Vou te contar a história toda, por isso pedi pra você vir antes. Senta aí.

Álvaro acomoda-se no sofá observado com curiosidade pela gata amarela.

– Alice tava grávida.

– Eu sei, tu tinha me falado – ele pressente que os próximos momentos serão embaraçosos.

– Na época, ela passou uns dias sem tomar anticoncepcional porque entrou numas que a pílula que ela usava era cancerígena.

Álvaro ouve quieto.

– Nesses dias em que ela ficou "desprotegida", que coincidem com o tempo de gravidez, fez sexo com dois caras. Um é o tal poeta, o Ricky, um rolo dela que vai e volta. O outro, você imagina quem seja.

Ele baixa a cabeça e começa a sentir um mal-estar.

– Imagino que ela te contou – mais afirma do que pergunta.

Valéria faz que sim.

– Olha, foi um troço completamente maluco, eu tava bebum na praia, ela chegou chapadona...

– Não precisa me explicar. Eu não tô fazendo juízo, longe de mim, embora ache que a responsabilidade de uma gravidez ou de uma trepada de risco é dos dois. Mas os homens, blá-blá-blá, o mesmo papo de sempre.

– Não é por aí, chê. Foi de repente. Eu não podia saber que ela não se...

– Perguntou se ela tomava pílula? – Valéria está tensa.

– Não deu tempo.

– Cogitou de usar camisinha? Tinha camisinha na mochila? Ah, pra quê? A responsabilidade é da garota. Se ela não cuida, o que eu, macho, que só queria uma trepadinha, tenho a ver com isso.

– Não é por aí. É uma coisa que não acontece com frequência na minha vida. Aliás, nunca aconteceu. Como eu disse, estávamos os dois alterados, ela tomou a iniciativa.

Valéria arregala os olhos.

– Estuprou você? Conta, tenho curiosidade de saber o que sente um macho estuprado por uma garota.

– Olha, Valéria. Tu tá um pouco agitada. Não tá dando pra conversar.

Valéria respira fundo.

– Olha, eu te admiro muito. Tenho muitas provas do teu caráter e do teu humanismo, então a conversa não é pra te culpar de nada.

– Já culpou.

– Bom, voltando ao assunto. Então, os pais descobriram e levaram a Alice pra fazer um aborto. Aí, como você disse, ela surtou. Agora tá numa clínica, num estado lamentável, e tenho medo que aconteça o pior.

– Que tipo de coisa?

Toca o interfone.

– É o que eu vou tratar na reunião, mas preciso muito de apoio, pelo menos do *teu* apoio – ela lhe aponta o dedo.

Valéria vai atender. A gata, cuidadosamente, aconchega--se no colo de Álvaro.

– Oi, Cláudio. Sobe – Valéria aperta o botão e se dirige a Álvaro. – Não te preocupa, o que falamos sobre a gravidez não está na pauta.

Cláudio e Valéria se beijam, mas ele muda a fisionomia quando percebe a presença de Álvaro com a gata ronronando em seu colo.

– Chegou cedo, meu camarada – ironiza.

– Moro perto.

– Chegou *muito* cedo. São recém quinze pras oito.

– Moro *muito* perto.

Valéria olha para Álvaro com uma expressão que equivale a "não disse?".

Pontualmente às oito, Rubem aparece para completar o quarteto.

– Vocês se importam se eu fumar um? – Cau pergunta.

– Prefiro que não – Valéria contrapõe, séria.

– Pelo menos beber alguma coisa?

– Tem cerveja, mas só depois da reunião.

– Então vamos a ela. Tem teto? Qual é a pauta mesmo?

– A pauta é a Alice.

Valéria faz um histórico do drama enfrentado pela amiga desde a gravidez, sem mencionar a eventual responsabilidade de Álvaro.

– Nós conversamos, descolei alguns contatos... enfim, pra Ali fazer o aborto da forma mais segura. Só que não consegui mais falar com ela. Tentei ir lá, ligava toda hora, mas os pais fizeram uma blindagem. Até que, passadas umas semanas, ela finalmente atendeu o telefone, mas só disse: "A situação tá resolvida", e não me deu papo. Vieram as férias, fiquei muito envolvida com o movimento estudantil, batalhando estágio, e perdi o contato. Confesso que aquela situação me deprimiu.

Meio que não quis me envolver, enfim: negligenciei. Então, fiquei sabendo que um belo dia ela saiu de casa, passou no cabeleireiro e apareceu na faculdade de cabeça raspada.

– Não! Aquele cabelo lindo – lamenta Rubem.

– A repressão familiar se tornou ainda mais feroz. Proibiram tudo e a coisa foi se agravando. Aí entra o drama. No meio desse rolo todo, ela tentou se matar.

Valéria dá um tempo para os três assimilarem a informação e prossegue:

– Tomou um monte de remédios tarja preta, teve que passar por uma lavagem estomacal. Talvez quisesse só chamar a atenção, mas de qualquer forma escapou por pouco. Aí veio tudo de roldão: internação, camisa de força, só sei que agora ela está confinada, levando choque e tomando uns medicamentos paulada. Fui visitá-la na semana passada. A família tinha proibido, disseram que eu não era boa influência, mas consegui entrar graças a uma colega minha que faz estágio na clínica.

– Como é que ela tá? – Rubem pergunta.

– Muito branca, meio catatônica, provavelmente dopada. Tentei conversar, mas ela parecia distante, olhar parado. Quando me levantei pra ir embora, ela murmurou baixinho, com uma voz pastosa: “Me tira daqui!”. Disse isso umas quantas vezes e foi aumentando de volume. Tinha um olhar de desespero. Isso não me sai da cabeça.

– Isso tudo tu já tinha me contado – comenta Cau. – Só não entendi ainda o propósito dessa reunião e o que tu pretende fazer?

– O que ela pediu – diz isso e olha pra cada um dos três. – Tirar a Ali de lá.

Cau solta uma risada e olha para os lados em busca de apoio. Os outros se mantêm quietos.

– Pirou da cabeça?

– Primeiro, deixa eu falar uma coisa pra vocês. Tenho estudado um autor italiano chamado Franco Basaglia, um cara que tá promovendo uma revolução no campo psiquiátrico. Uma das críticas dele, entre outras coisas, é que a psiquiatria trata exclusivamente da doença e não do paciente. É um cara ousado. Defende, por exemplo, e o Álvaro vai gostar de ouvir porque já conversamos uma vez sobre isso, lembra daquele papo na praia? Defende que a verdadeira terapia é a crítica social e que a doença mental é a consequência da forma que vivemos. Obviamente, é um cara de esquerda. Para ele, a terapia não deve apenas aliviar o sofrimento, mas também promover a transformação social. Outra dele: o hospício é construído para controlar e reprimir os trabalhadores que perderam a capacidade de responder aos interesses do capitalismo.

Álvaro sorri por dentro, mas evita que isso transpareça. Na verdade, está encantado com a disposição de Valéria.

– Não concordo com tudo que ele escreve – ela continua –, mas com uma coisa, sim. Dentro dessa visão que afronta a psiquiatria tradicional, ele propõe, aí o que mais me fascina, que as doenças mentais sejam tratadas socialmente e não pelo confinamento. Em síntese: acabar com os manicômios.

– Significaria um bando de louquinho soltos na rua.

– Não com essa vulgaridade.

– Tô brincando, bem.

– O cara tem audiência? – pergunta Álvaro.

– Pô! A Itália tá promovendo uma revolução na psiquiatria com base nas ideias dele. Aqui no Brasil, o Hélio Pellegrino é o mais entusiasmado. Tá criando um movimento chamado antipsiquiatria.

– Tá, mas o que isso tem a ver? – Cau está ansioso.

– Vou chegar lá. Antes, quero fazer uma pergunta. Vocês acham que a Alice é louca? Não, falando sério. Eu não acho. Pra mim, o caso dela se inclui na teoria do italiano. Foi colocada naquele manicômio chique, com diária de hotel de 5 estrelas, porque a família não aceita que ela viva a vida dela exercendo um tipo de liberdade fora dos valores do pai fascistão e da mãe burguesona. A doença dela, entre aspas, é a família. Tem outro aspecto. Essa clínica é criticada por adotar métodos arcaicos. Por exemplo, o choque, que quase ninguém mais usa, porque é considerado muito mais um método de tortura do que uma terapia. E, pior: vocês sabem o que é lobotomia?

– Sei que é a separação dos lobos frontais do resto do cérebro – afirma Álvaro.

– E pra que servem? É a parte do cérebro que trata das motivações, das iniciativas, das decisões, da aplicação do conhecimento. Na década de 30, um cientista português inventou que separar os lobos frontais do restante do encéfalo resolveria o problema dos pacientes epiléticos ou dos que sofrem de alguma psicose ou esquizofrenia. Uma marteladinha e o doente ficava bem mansinho. Imediatamente, a prática se espalhou pelo mundo psiquiátrico conservador e o nosso amigo português, acreditem, ganhou um Prêmio Nobel pela sua "invenção".

– Puta que pariu! – comenta Rubem.

– Passada a euforia, os mais antenados se deram conta que a cura – ela faz aspas com os dedos – nada mais era do que desligar as funções dos lobos frontais através de um método cirúrgico agressivo e deixar as pessoas aplastadas, passivas e obedientes. Hoje, a lobotomia é proibida em quase todo mundo, inclusive no Brasil, mas eis que o doutor Kowalski, proprietário da clínica onde nossa amiga está presa, é um adepto declarado dessa estupidez e até algum tempo atrás, antes da proibição, fazia conferências sobre as maravilhas dessa mutilação humana.

– Voltando ao caso da Alice... – Cau está impaciente.

– Há um forte boato de que clandestinamente o doutor Kowalski continua realizando operações de lobotomia em sua clínica nos casos em que os demais tratamentos não obtêm resultados e, é claro, com o aval das famílias.

– Fizeram na Alice? – Rubem pergunta, assustado.

– Que eu saiba, ainda não, mas segundo a minha colega que faz estágio na clínica, o caso dela é muito comentado porque o tratamento não estaria evoluindo, segundo o ponto de vista deles. A merda é que o carrasco dono da clínica é muito persuasivo e não duvido que esteja trabalhando essa hipótese junto aos pais da Ali e não duvido que eles aceitem. Uma vez tive uma conversa pesada com o pai dela e ele admitiu que gostaria de ter uma maquininha que desligasse a agitação da Alice. Ou seja, preferem a filha abostada do que rebelde. Por tudo isso que eu falei, tô determinada a tirar a nossa amiga de lá. Quero saber se posso contar com vocês.

– O que tu quer dizer exatamente com tirar a Alice de lá? – Cau pergunta.

– Isso que você ouviu: tirar a Ali da clínica numa ação clandestina. Já digo de antemão: é arriscado. Se alguém não topar, tudo bem.

Cau vai até ela e segura seu rosto com as duas mãos.

– Valzinha do meu coração, tu é uma pessoa sensata, realista, por isso, entre outras coisas, é que eu te amo. Mas deixa eu ver se entendi: tá nos propondo participar de um... sequestro?

– Um resgate. Vamos salvar a vida de uma amiga que a gente ama. Se ela continuar lá, ou morre ou enlouquece de vez. Ou vira uma pamonha, que é o que se torna uma pessoa lobotomizada, isso quando sobrevive ao tratamento.

A determinação de Valéria deixa os outros sem palavras por alguns instantes. Cau faz nova carga.

– Vou contar uma história pra vocês, a Val conhece. Sabem por que a Alice rompeu com a família? Quando soube que o parceiro de tênis do coroa dela era o chefe do SNI no

Estado e que o charmoso tio Pedro, que frequentava a casa da família e vai ao futebol com o pai dela, era nada menos do que o delegado Pedro. Obviamente, vocês sabem de quem se trata. Ou seja: o pai da Alice é assim, assim – esfrega um dedo indicador no outro – com a ala mais perversa da ditadura, os operadores do mal. Outra que talvez vocês não saibam. Ele financiava a repressão. Tem um papo que até participava das sessões de tortura.

Álvaro fecha os olhos. Volta a memória do tio Ernesto.

Com ele tinha um outro sujeito, que não parecia policial, mas um grã-fino, com uma expressão sádica, que se divertia com tudo aquilo.

– Por isso mesmo. Precisamos tirá-la do jugo desse monstro – contrapõe Valéria.

Cau sacode a cabeça para os lados.

– Vocês não tão entendendo. Mesmo que o resgate – ele imita aspas com os dedos – desse certo, logo ele colocaria na nossa cola o Dops, Polícia Federal, SNI, CCC, caralho a quatro. Vou dar outra barbada pra vocês: sabiam que desde o AI-5 qualquer sequestro, seja por que motivo for, é tratado como crime político previsto na Lei de Segurança Nacional? Dá uma *cana* considerável.

Valéria não se abala.

– Bem, na nossa militância, estamos todo o tempo correndo o risco de ser enquadrados na Lei de Segurança Nacional, né?

– Não é a mesma coisa.

– Tudo bem. Como eu disse, é arriscado, mas quem vai estar exposta sou eu. Vocês, se toparem, participariam de maneira secundária. Mas cada um sabe de si. Todo mundo é livre pra decidir.

– Alvus, tu é o mais velho entre nós, o mais ponderado – Cau se dirige a Álvaro. – A ti ela escuta. Explica pra ela que isso é um delírio. Olha, a gente pode procurar a família, falar da nossa preocupação, nos colocar à disposição pra ajudar na recuperação dela.

– Boa – Valéria ironiza. – Podemos também ir ao Geisel e ao Golbery e dizer que estamos dispostos a dar uma força pra acabarem com a ditadura, que tal? Olha, eu conheço aquela gente. O pai dela é de dar medo. Ia cagar na nossa cabeça.

– Imagino que tu tenha um plano – Álvaro comenta.

– Pera aí, bicho. Ô, ô, ô, Alvus, não entra nessa. Tu tem a cabeça no lugar. Compreendo que a Val esteja preocupada com a amiga, todos estamos, mas daí a...

Álvaro mantém-se imperturbável.

– Com um bom plano, tudo é possível.

Cau vira-se para Rubem:

– Fala alguma coisa.

– Tô achando tudo isso um barato.

– Tá – Cau insiste. – Imaginemos que essa loucura dê certo e a gente consiga tirar a Alice da clínica. Pra onde a levaríamos?

– Também já pensei nisso – Valéria responde com serenidade. – Eu tenho um plano.

Cau ri, nervoso.

– Ah, tu tem um plano.

– Por quê? Acha que não sou capaz?

– Acho que tu tá vendo muito filme americano.

– Nada a ver. Nos filmes americanos quem elabora os planos são os homens. Mulher só entra como isca. Querem ouvir?

– Tô precisando de uma cerveja – Cau dirige-se à cozinha.

Ao fim da explanação de Valéria, Rubem olha para Álvaro com os olhos faiscando de excitação. Este deixa-se cair na poltrona, a mão acariciando a gata amarela e o cérebro fervilhando.

– Pode funcionar.

– Tá todo mundo louco! – grita Cau.

15.

O DIA

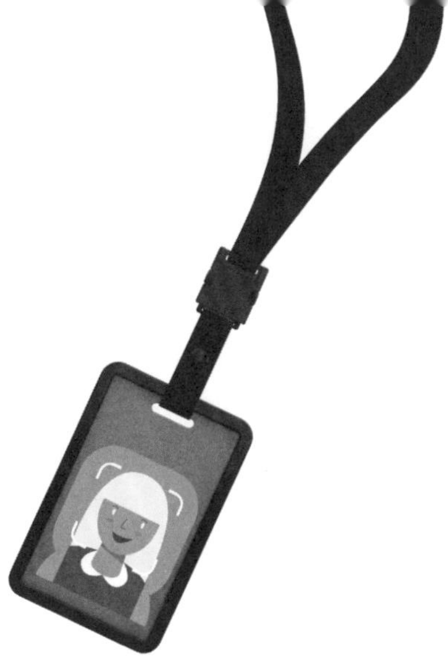

– Alô? Pô, Cláudio, você já devia tá aqui.

– Mudei de ideia. Não vou. Vamos acabar com essa insanidade agora mesmo.

– Cláudio, nós combinados que você viria à uma hora. Já são uma e meia. Vem logo!

– Esquece. Desmobiliza a turma. À tardinha eu passo aí pra gente conversar e ver outra alternativa.

– Que história é essa? Alô? Cláudio! Alô...

O casarão estilo anos 1950 que abriga a Clínica Kowalski localiza-se ao fundo de um vasto terreno gramado, sobre o qual árvores, arbustos e floreiras obedecem a um cuidadoso projeto paisagístico voltado a criar um ambiente de paz e tranquilidade, algo um tanto artificial, levando-se em conta a fama da instituição. Para ingressar na área é preciso ultrapassar o portão automático de ferro, severamente controlado por um guarda de uma empresa particular de segurança, que anota entrada e saída dos funcionários, nomes dos visitantes, marcas dos automóveis e as respectivas placas.

Às duas da tarde, uma jovem devidamente uniformizada com o avental da Clínica Kowalski desce de um táxi diante do portão, aciona a campainha e aguarda a presença do agente. É uma moça loira, bochechas salientes, muito maquiada e usa um par de óculos de aro preto que lhe cobrem quase a metade do rosto.

Quando o agente aparece, ela mostra um crachá plastificado que traz pendurado onde constam o nome da clínica, uma foto 3x4 e o nome *Letícia Meirelles*. O guarda vai à guarita e retorna com uma prancheta:

– Seu nome não consta na listagem dos funcionários.

– Estou começando hoje, deve ser por isso.

– Num sábado?

Ela busca um documento dentro da bolsa enorme que carrega a tiracolo e mostra a ele.

– Aqui está o memorando. Estou indo me apresentar agora.

O guarda confere os dados e a fotografia que contém o documento e, após alguma vacilação, decide.

– Pois bem, quando a senhorita se apresentar no balcão, peça às moças para regularizarem seu nome na listagem.

– Pode deixar.

– Boa sorte.

– Vou precisar – ela agradece.

Letícia percorre um longo passeio de ladrilhos coloridos paralelo ao caminho cimentado por onde circulam os automóveis. Do portão até o prédio a distância é de cem metros. Anda a passos rápidos até se aproximar da porta central do casarão. Ali, reduz o ritmo da caminhada, respira fundo e se dirige ao balcão atendido por duas funcionárias, no canto direito do hall de entrada. Apresenta a elas o memorando, o qual indica que a estudante de Assistência Social da PUC Letícia Meirelles fará um estágio de seis meses na clínica.

– Um documento, por favor.

Letícia apresenta a carteira de identidade. A funcionária compara os dados do memorando e do documento.

– Não é comum começar o estágio num sábado.

– Ah, é? Nunca aconteceu?

– Não é usual.

A funcionária vai até sua colega, mostra o memorando, as duas trocam algumas palavras em voz baixa, até que ela retorna.

– Hoje é sábado, não tem ninguém no setor administrativo. Você deve voltar na segunda-feira e apresentar esse documento a eles.

– Mas está tudo certo, já tenho até crachá e avental.

– Lamento. Deve ter ocorrido um erro de parte deles, porque aqui – ela aponta um quadradinho em branco no canto superior direito do memorando – deveria estar o carimbo da Administração.

– Vai ver que esqueceram.

A funcionária dá de ombros.

– Que pena. Eu pretendia começar hoje – diz a jovem com voz embargada. – É um dia muito especial pra mim.

– Imagino, mas a orientação que recebemos é que o funcionário novo ou estagiário só pode começar com a documentação plenamente regularizada.

– Pelo menos eu posso dar uma circulada por aí, acompanhar a rotina da instituição, pra ir me familiarizando?

As duas funcionárias trocam olhares.

– Vamos fazer assim. Daqui a pouco, durante o horário de visitas, teremos uma atividade de congraçamento entre funcionários, pacientes e familiares, com a apresentação do Coral Rosa dos Ventos. Você pode assistir, mas depois precisa se retirar. Outra coisa muito importante: observe que existem áreas de acesso restrito.

– Entendi.

– De qualquer forma, seja bem-vinda. Se quiser, pode deixar a sacola conosco.

– Obrigada. Não carece.

Valéria coloca uma pasta de cartolina no colo:

– O plano é o seguinte: eu me apresento na portaria da clínica como uma nova estagiária.

– E como tu vai conseguir vaga de estagiária na clínica, pode nos explicar?

– Mostrando um documento como esse – ela abre a pasta e retira o xerox de uma folha-padrão com o timbre da Kowalski. – Essa é uma cópia do memorando de ingresso da minha colega. Consegue imprimir um igual, Álvaro?

– O memorando é preto e branco? – Álvaro pergunta.

– Colorido. Tenho aqui o desenho com as cores certas – ela tira outra folha da pasta com a logomarca da clínica combinando azul e vermelho.

– Obviamente com outro nome.

– Com o nome de uma personagem que vamos criar. E um crachá como esse.

– Memorando e crachá. Barbada. Talvez a personagem precise de uma carteira de identidade.

– Seria bárbaro. E preciso de uma para a Ali.

– E tem foto dela?

– Tenho. A coisa acontece sem ser nesse sábado, no outro, quando vai acontecer uma apresentação do Coral Rosa dos Ventos, então haverá muita gente circulando, o que conspira a nosso favor. Além disso, como é dia de visita, a Ali não

estará dopada. Chego às 2 da tarde, me apresento à portaria já uniformizada – ela mostra uma fotografia do avental azul-claro com o logotipo da clínica bordado em azul-escuro à altura do coração. – Precisamos de uma boa costureira pra produzir o bordado e fabricar uma roupa que vou explicar depois.

– Posso conseguir – diz Álvaro.

– Alguém de confiança?

– Minha mãe.

– Tu seria facilmente identificada quando abrissem uma investigação – contesta Cau. – Melhor amiga da Alice.

– Por isso chamei o Rubem.

O rapaz tem os olhos faiscando de excitação.

– Vou te deixar irreconhecível.

– Como é sábado e faltará um carimbo no memorando, provavelmente não me deixarão assumir, mas vou dar um jeito de ficar por lá pelo menos até o fim da apresentação do Coral Rosa dos Ventos, mais ou menos às 5 da tarde, que será a nossa hora H.

São 2 e meia. Portando o crachá com o nome de Letícia Meirelles, Valéria deixa que a curiosidade a conduza através do corredor central do andar térreo rumo aos fundos do prédio. A essa hora o movimento começa a crescer. Ela caminha com cuidado, desviando das faxineiras que passam o rodo no piso e das funcionárias que entram e saem dos quartos preparando o horário de visitas. Ao final do corredor, avista uma porta dupla com um aviso *Entrada restrita*, mas não tem certeza se levará sua curiosidade adiante.

Ouvira de sua colega, estagiária da clínica, que ali se localizam os ambulatórios onde fazem o tratamento de choque. Subitamente, uma maca conduzida por dois enfermeiros uniformizados irrompe de dentro da ala restrita, conduzindo um homem de meia-idade desacordado. As duas portas balançam para frente e para trás por alguns instantes. A curiosidade vence a cautela. Valéria aproveita e ingressa na zona proibida.

Dos seis ambulatórios, quatro estão vazios. Valéria examina o interior de um deles. Enxerga uma cama com cintas para prender braços e pernas de quem ali for colocado. Ao lado, uma engenhoca com botões de regulagem. Dela partem fios elétricos com sensores redondos nas pontas.

Mais ao fundo, há um compartimento em cuja porta está escrito *Bloco cirúrgico* e, logo abaixo, *Acesso proibido.* Que tipo de cirurgia uma clínica psiquiátrica poderia ter se não a temível lobotomia? Valéria sente um arrepio. Em nome da boa execução do plano, deveria sair dali imediatamente, mas ela vacila. Como um autômato, dirige-se ao bloco cirúrgico, quando ouve, às suas costas:

– Aonde vai, moça?

Quem a interpela é um homem alto e forte que veste um uniforme e porta um cinturão no qual reluz o cabo de uma pistola.

– Estou só dando uma olhada.

– Deveria saber que aqui é um lugar de acesso restrito.

– Não prestei atenção. Na verdade, hoje é meu primeiro dia de trabalho.

– As funcionárias deveriam ter lhe alertado.

– Acho que falaram qualquer coisa.

– Então, por favor, retire-se imediatamente.

– Desculpe a curiosidade – ela arrisca. – É aqui que fazem aquelas operações no cérebro dos pacientes, como é mesmo o nome? Não sou contra. Se for o último recurso, por que não fazer, não é mesmo?

– Senhorita, vou repetir. Por favor...

Vindo do interior do bloco cirúrgico, um sujeito mais velho usando jaleco branco livra-se das luvas de borracha e, quando percebe a presença da jovem, dirige um olhar severo para o guarda em busca de explicações.

– Ela não estava informada. Já pedi para se afastar.

No jaleco do médico está bordado o nome Eufrásio Kowalski. Valéria estremece. Ele segura o seu crachá e lê em voz alta:

– Letícia Meirelles. Funcionária nova?

– Estou começando hoje.

– Vou pedir que a senhorita se retire imediatamente – ele ordena. – Depois, vamos ter uma conversinha.

Ela abre a boca para falar, mas o homem a empurra de forma brusca através da porta dupla. A garota retorna ao corredor tentando imprimir um ritmo casual às passadas. Fecha os olhos e imagina Alice sendo levada para o açougue psiquiátrico. Sente que é hora de agir. No meio do corredor há uma escadaria. Ela sobe os dois lances de escadas de cabeça baixa, evitando o contato visual direto com os funcionários.

Alice encontra-se no segundo andar, quarto 206. A porta está entreaberta e lá dentro uma funcionária, naquele momento, está ouvindo um festival de palavrões da paciente. Felizmente, Alice está desperta. Valéria espera no corredor até que a atendente saia e finalmente entra no quarto.

– Outra! Não podem me deixar em paz? Mas que saco!

– Vim aqui pra providenciar a tua alta.

Alice sacode a cabeça e ri com sarcasmo.

– Ha, ha, ha. Sabe quando vão me dar alta? No dia de são nunca.

– Então o dia de são nunca é hoje.

Alice reconhece a voz e só então fixa os olhos na visitante. Seu rosto lentamente vai adquirindo uma expressão de surpresa.

– Va-val? Que cabelo é esse? E essa barriga?

Rubem mostra seu arsenal de disfarces:

– Comprei essas perucas numa loja ali no Centro. Uma loira e outra morena. São feitas com cabelos naturais, sabia? As pessoas tão vendendo o cabelo pra poder comer, vê se pode? Triste isso. Teu rosto é lindo, mas tem duas marcas que precisamos apagar. Uma, são as sardas. Uma boa maquiagem resolve. Outra, as sobrancelhas. Precisamos dar uma aparadinha e pintar de loiro.

– Buuuh. Minhas sobrancelhas.

– Pode deixar que elas crescem logo. Aqui, temos quatro tubinhos pra colocar entre as gengivas e a parede interna das bochechas, em cima e embaixo. E, pra completar... – mostra óculos descomunais com aros pretos e grossos.

– Ô, Rubem, a gente combinou uma coisa discreta.

– Essa é uma desvantagem. Mas a vantagem é que cobre todo o rosto. As pessoas vão prestar atenção nos óculos e não no teu rosto. E aqui, uma barriguinha falsa. Parabéns, gordinha.

Valéria senta-se na cadeira ao lado da cama e sussurra ao ouvido de Alice.

– Presta atenção. No final da apresentação do Coral Rosa dos Ventos vou te tirar daqui.

– Tirar daqui? Tá louca?

– Fala baixo. Mas você tem que querer.

– Como assim, claro que quero.

– Vai ser uma longa jornada.

Valéria explica rapidamente o plano de fuga até a última fase: o lugar onde Alice ficará por um bom tempo se der tudo certo.

– Depende de você.

O rosto de Alice subitamente adquire um tom de luminosidade nervosa, como uma criança prestes a ingressar no túnel da morte do parque de diversões. Uma enfermeira ingressa no quarto trazendo uma bandeja com dois comprimidos e um copo d'água.

– Hora dos remédios, Alice.

Sem que a funcionária perceba, Valéria faz um gesto negativo com o dedo.

– É nova aqui? – a enfermeira pergunta.

– É meu primeiro dia, mas já fiquei amiga da Alice. Pode deixar que eu dou os remédios a ela.

As duas ficam a sós.

– E então?

– Tu é louca, mais louca que eu.

Perto das 3 da tarde, o silêncio reinante na clínica é abalado pelo rumor dos automóveis que trazem os familiares dos pacientes e se alinham no amplo pátio de brita ao lado esquerdo do casarão. Entre os Dodge Darts, Galaxies, Opalas, Mavericks e outros da mesma categoria, Valéria vislumbra o reluzente Mercedes-Benz prateado, de onde desembarca Natália, mãe de Alice, e sente um alívio ao perceber que o marido não está com ela.

Acompanha a movimentação de Natália. Após obter seu crachá de visitante, ela se dirige ao elevador rumo a quarto da filha. Nesse momento, Valéria é chamada por uma das funcionárias da portaria.

– Letícia. O doutor Kowalski quer falar com você.

– O que seria? – ela disfarça o nervosismo.

– Você não podia andar por aí bisbilhotando. Por sua causa, levamos uma bronca.

– Desculpe, não foi minha intenção.

– Ele pediu que você fosse à sala dele no final da apresentação do Coral Rosa dos Ventos. Não deixe de ir, senão teu estágio vai pro beleléu.

Serão duas horas de extrema tensão.

O tempo custa a passar. O motorista do Mercedes-Benz ocupa-se esfregando uma flanela no retrovisor. Alguns familiares conduzem pacientes em cadeiras de roda. Às 3 e meia, um micro-ônibus estaciona diante da porta central. Dele desembarcam os 38 alegres integrantes do Coral Rosa dos Ventos, já vestindo seus uniformes tradicionais.

Valéria mostra uma fotografia do Coral Rosa dos Ventos e outra ampliada de uma das integrantes do grupo, ressaltando os detalhes do uniforme: vestido comprido de lamê roxo-escuro com plissados nos dois lados, mangas folgadas e o colarinho branco, triangular, com bordas amarelas, que parte dos ombros e tem o vértice à altura do diafragma.

– Esse é o outro traje que precisamos, mais ou menos com as medidas da Alice, que será a trigésima nona integrante do famoso Coral Rosa dos Ventos.

– Minha mãe vai adorar – Álvaro ri.

Alice e Natália sentam-se na primeira fila do auditório situado na parte posterior do segundo andar. Em poucos minutos, os cem lugares da sala são ocupados por pacientes, familiares e funcionários da clínica. Valéria fica de pé a um canto da terceira fila, de onde tem uma boa visão da amiga e sua mãe.

Eufrásio Kowalski faz uma breve apresentação da atividade, ressaltando que ela simboliza o clima profissional e humano que norteia a instituição. Agradece a presença de todos e pede que os integrantes do Coral Rosa dos Ventos subam ao pequeno palco. Após uma rápida afinação, o maestro agita os braços e as cantoras mandam ver:

Sambalelê tá doente/Tá com a cabeça quebrada/Sambalelê precisava/É de umas boas lambadas/Samba, samba, samba ô-lelê

O animado coral desfila seu repertório com uma alegria incomum e a cada número é aplaudido com entusiasmo pela plateia. A hora H se aproxima. Valéria tenta rechaçar pensamentos negativos de que algo possa dar errado, que Alice desista, que a mãe dela atrapalhe, que o doutor Kowalski frustre os planos. Evita pensar na traição de Cau, na possibilidade de que não haja ninguém esperando as duas. Gervásio Kowalski está sorridente, lança olhares panorâmicos sobre o público. Algumas vezes, Valéria sente que ele a está observando. O tempo custa a passar.

Quando o Coral Rosa dos Ventos inicia o último número da apresentação, uma animada versão de *Aquarela brasileira*, Alice sussurra no ouvido da mãe.

– Preciso ir ao banheiro.

– Agora, na última música?

– Agora, tô apertada. De lá, vou pro quarto, tô cansada.

– Não quer que eu vá contigo?

– Não precisa. Até a semana que vem, mãe. Vou sentir saudades.

Diz isso e dá um longo abraço em Natália, que estranha a incomum demonstração de afeto da filha. Quando Alice se afasta da mãe, Valéria a segue. As duas se encontram no banheiro. No instante em que as palmas consagram o fim da apresentação, a estagiária e uma improvável integrante do Coral Rosa dos Ventos deixam o toilette e rumam para a porta de saída, misturadas à enxurrada de gente que começa a deixar o prédio. Alice vai à frente e Valéria serve de guarda-costas.

– Letícia! – grita a funcionária da portaria. – Não esqueça de falar com o doutor Kowalski.

– Pode deixar, só vou esperar o movimento diminuir.

No pátio, pacientes e familiares se despedem, sob os olhares atentos dos funcionários. A mãe de Alice dirige-se para o Mercedes-Benz. Os integrantes do Coral Rosa dos Ventos lentamente sobem na condução que os trouxe. Somente quando o Mercedes e o ônibus se afastam rumo ao portão é que Valéria e Alice começam a caminhar pelo canto da trilha de azulejos, ao lado da pista dos automóveis.

Os quase cem metros se transformam em quilômetros. As duas andam de cabeça baixa. Os carros trafegam lentamente ao lado delas. O portão metálico está aberto, mas a dispersão é lenta, pois o encarregado da portaria precisa conferir as placas de cada veículo antes de liberar a sua saída. Falta pouco. Contudo, ao se aproximarem, percebem uma confusão que o funcionário tenta ordenar. O Mercedes-Benz de Natália fizera uma manobra brusca para retornar ao interior da propriedade, na contramão, disputando a pista estreita com os carros que buscam a saída.

– Minha mãe está voltando. O que houve?

– Vamos em frente. Apressa o passo.

Quando alcançam o portão, o guarda pergunta a Alice:

– Perdeu o ônibus?

– Não, vou voltar com o meu namorado, que deve estar me esperando.

Na vez de Valéria, ele comenta:

– Resolveu o problema, moça?

– Sim, começo na segunda-feira. Hoje foi só um aperitivo.

O guarda volta a se ocupar das placas dos carros.

– Como é que a gente vai sair daqui? – Alice pergunta.

– Alô? Quero falar com o Álvaro.

– Sim?

– Aqui é a Valéria.

– Ué, pensei que tu...

– O Cláudio roeu a corda. Ele deveria me levar até lá e depois nos buscar. A gente ia pra um apartamento desocupado do pai dele e ele providenciaria a infra pra gente passar a noite. Mas acaba de ligar. Disse que não vai. Nos deixou na mão. Que ódio!

– Calma. Cabeça fria. O que tu pretende fazer?

– Não vou desistir. Tô indo pra lá de táxi. Depois, não sei. Tô nervosa.

– Relaxa. Quando vocês saírem, vou estar lá.

– Jura?

A uns vinte metros, encostado em uma Ford Belina vermelha, Rubem faz sinal para elas. As duas correm até ele e sentam-se no banco traseiro da camionete.

Álvaro dá a partida. Alice está maravilhada.

– Vocês são malucos.

Valéria está nervosa.

– A mãe de Ali estava indo embora, mas deu meia-volta, não sei por quê.

– Viu vocês?

– Acho que não, mas vão notar a ausência da Ali mais cedo que a gente pensava. Temos que sumir. De quem é esse carro?

– É de um amigo – Álvaro responde e acelera a Belina.

– Fiz uma basteira. Ingressei no local onde eles dão choques e fazem lobotomia, um lugar tenebroso, arrepiante.

– Que imprudência, Val – Alice a censura.

– O pior é que o diretor me flagrou.

– O Kowalski? Caralho!

– Mandou que eu fosse falar com ele no final da apresentação. Quase botei tudo a perder – Valéria bate com a palma na mão na testa.

– Não pensa nisso, agora é hora de cabeça fria – Álvaro a consola.

A tarde escurece quando a Belina estaciona diante de uma casa simples de material, com um pequeno jardim à frente, em uma vila no interior de Viamão. Álvaro desce com um molho de chaves, abre a porta e entra.

– Onde é que nós estamos? – indaga Alice.

Após alguns minutos, ele reaparece e faz um sinal para os outros descerem da Belina.

A sala tem uma mesa quadrada de um lado e, de outro, uma máquina de costura. Em torno dela, uma pilha de roupas, retalhos e tecidos de vários tipos e cores organizados da maneira que é possível.

– Essa é minha mãe, dona Jandira – Álvaro põe a mão sobre o ombro de uma mulher negra e sorridente de seus 40 anos. Depois pronuncia o nome de cada um dos visitantes.

– Sejam bem-vindos e fiquem à vontade. Alvinho disse que vocês chegariam com fome. Fiz uma sopa, é só dar uma aquecidinha. Tem cerveja na frigider, meu filho. Querem tomar banho primeiro?

– Não trouxemos roupas – Valéria informa.

– As minhas devem servir em vocês.

As garotas vão ao banho. Os rapazes servem-se de cerveja e se dirigem ao pátio.

– Que piração – comenta Rubem. – Foi a coisa mais louca quer fiz na minha vida.

– Agora, é segurar a onda.

– E o Cau, hein? Que puta sacanagem.

– Ele era contra desde o começo. Achou que saindo fora a Valéria iria desistir. Blefou e se fudeu.

– E daqui pra frente, o que a Valéria tá tramando?

– Não tenho a menor ideia. Ela vai contando aos poucos.

– Parece alguém que eu conheço.

Jandira traz a sopeira fumegante para a mesa onde os quatro estão sentados, as duas de banho recém-tomado vestindo trajes da dona da casa.

– Onde é que tu conseguiu amigas tão lindas, meu filho? – derrete-se Jandira. – E o moço não fica atrás. Parecem artistas da novela das seis.

– O único feioso sou eu, é o que tu quer dizer, mãezinha?

– Tu tem outras qualidades, não é mesmo, gurias?

Finalmente, as duas sorriem.

– É meio turrão, teimoso que nem sei. Mas tem um coração de ouro. Pé no chão e a cabeça no lugar.

– Não fica bem uma mãe elogiar o filho na frente dos outros, dona Jandira – ele finge que reclama. – Parece que tá fazendo propaganda.

– Por quê? Se uma mãe não pode elogiar o filho, quem vai elogiar. É assim desde piá. Nunca me deu incomodação.

Álvaro olha para as garotas como que se desculpando:

– Mãe é mãe.

– A sopa tá triboa, bem melhor do que a comida da... – Valéria belisca a coxa de Alice. Ela emenda: – ...lá de casa.

– E então, como foi a peça?

As garotas se olham, surpresas.

– A peça... – Valéria vira-se para Álvaro.

– Foi ótima, mãe. As duas deram um show, precisava ver.

– Pra mim foi uma surpresa – Rubem entra na brincadeira. – Conheço as gurias, mas não sabia que eram tão talentosas. E os trajes que a senhora fez ficaram perfeitos.

– Que bom que eu pude ajudar. Na próxima, eu vou – diz Jandira.

Após o jantar, Valéria prontifica-se a lavar os pratos, mas a mãe de Álvaro não aceita.

– Deve estar cansada, meu anjo. Imagino que essas coisas de teatro sejam muito cansativas, o nervosismo, a preocupação de que tudo vá dar certo.

– A senhora não imagina quanto.

– Deixa comigo, fiquem à vontade. Depois sirvo um doce de abóbora.

Jandira vai para a cozinha e os quatro passam a combinar os próximos passos.

– A Alice pode ficar aqui sem problemas. Minha mãe é uma ótima companhia e não vai fazer perguntas.

– Fica comigo, Val?

– Tenho que ir ao apartamento buscar as coisas pra viagem. Volto amanhã cedo.

– Eu fico com a Alice, se a dona Jandira não se incomodar – Rubem prontifica-se.

– Imagina – Jandira afirma, da porta da cozinha. – Podem escolher, tem o quarto do Alvinho e o do Ernesto, o meu irmão que tá viajando. Adoro estar no meio de gente jovem.

– A senhora é jovem.

– Eu era quase uma menina quando o Alvinho nasceu,

então não tive muito tempo pra ser jovem – ela refere, sem demonstrar ressentimento. – Não tô me queixando. O Alvinho é uma bênção que Jesus Cristo Nosso Senhor me deu. Mas gosto de estar com jovens. Uns meses atrás, estiveram aqui dois castelhanos, um casalzinho. Ficaram uns quantos dias, foi uma maravilha. Primeiro, eram meio xucros. Ele, muito desconfiado. Ela, meio assustada. Depois, foram amansando. No fim, ficamos ótimos amigos, pareciam da família. Na hora de ir embora, foi aquela choradeira. Até recebi um cartão deles, já te mostrei, Alvinho?

– Os argentinos? – Alice arregala os olhos, enquanto Jandira vai até o quarto.

Álvaro faz que sim. Jandira volta com um cartão-postal com uma foto da Torre Eiffel e lê a mensagem no verso.

– *Para nuestra mamita del corazón. Con amor, Paco y Carla.* Que amável da parte deles, né? Bom, se vocês não se importam, preciso ver a minha novela, que tá numa parte boa – ela liga a TV e senta-se no sofá.

– *Locomotivas?* – pergunta Alice. – Não pude assistir aos últimos capítulos.

– Vem. Eu te atualizo. Tu viu até que parte?

No caminho de volta, Álvaro liga o rádio.

Meu coração ateu/quase acreditou/na tua mão que não passou de um leve adeus

Valéria pergunta.

– De quem é o carro?

– Do Alemão.

– Outra vez. Santo Alemão.

– *Tovarich,* Alemão. Só preciso devolver amanhã de noite.

– O Cláudio não podia ter feito isso comigo. Toda a infra

estava na mão dele. Achou o quê? Que ele caindo fora a gente ia desistir? Cretino!

– Esquece. Foste muito corajosa, guria. Me abri pra ti.

– Trabalho de equipe. Me inspirei na tua dedicação com os argentinos. Não tem problema a Alice ficar com a tua mãe?

– Não. Tranquilo.

Se falo em mim e não em ti/é que nesse momento/já me despedi

– Que história é essa de teatro?

– Eu e a mãe temos uma espécie de código. Um jogo. Ela sofreu muito na vida, então, quando tem alguma situação mais complicada, eu invento uma história e ela finge que acredita. É o caso do tio Ernesto. Mesmo sabendo que o irmão é exilado e não pode voltar pro Brasil, prefere dizer que ele está viajando. É uma forma simplificada de se sentir segura, pra não se abalar e não sofrer mais.

– Então, no fundo ela sabe que não tem teatro nenhum.

– Minha mãe é boa em pegar uma fantasia e colocar no lugar da realidade. Daria um ótimo material pra uma terapia.

– Ela confia em você.

Álvaro faz que sim com a cabeça.

– Tua mãe é jovem.

Ele vacila um pouco.

– A trajetória dela não tem nada original. Era empregada em uma fazenda, adolescente ainda foi seduzida pelo filho do patrão, casa grande e senzala, sacou? Engravidou, queriam que ela abortasse, mas ela bateu pé, eu nasci e meu tio nos trouxe pra Viamão. Então, vim ao mundo em uma situação exemplar da luta de classes e supremacia racial.

– Barra.

– Quero dizer que ela lutou com unhas e dentes pra que eu nascesse, menina ainda resistiu a tudo que é tipo de ameaça. Então, tu imagina como esse episódio da gravidez da Alice mexeu comigo.

– Você nunca quis saber do teu pai?

– Meu tio foi o meu pai. É o que me basta.

– Não é normal. Obviamente, em algum momento você ficou curioso.

Álvaro permanece em silêncio por alguns momentos, escolhendo frases para não falar demais.

– Quando era adolescente, uns 12 ou 13 anos, tinha aquelas coisas de escola, Dia dos Pais, festa de fim de ano, então enchi muito o saco da minha mãe pra saber. Ela se esquivava, ficava nervosa, eu insistia, até que meu tio deu um basta. Disse que eu saberia no devido tempo e me proibiu de tocar no assunto. Tio Ernesto era assim. Um baita cara, mas mandão pra caralho. Um dia ele tava lendo o jornal, ficou furioso e exclamou: filho da puta! E jogou o jornal longe. Fui ver e tinha a foto de um sujeito posando junto com o Médici numa cerimônia na associação rural. Vi o nome da cidade e associei na hora com a indignação do tio. Era ele, um cara riquíssimo, latifundiário, dono de uma agroindústria poderosa, negócios diversificados. Minha curiosidade morreu por ali.

Olha para ela e vê uma expressão incrédula.

– Não acredito muito. E tua mãe?

– Trabalha de costureira, tem boa clientela na comunidade.

– Não quis mais se casar?

– Tem um rolo com um guarda noturno. Ela não me fala, soube por vizinhos.

Os dois permanecem em silêncio por uns bons minutos.

– E agora, dona estrategista? Quais os próximos passos?

– Amanhã, vamos viajar as duas, primeiro pra São Paulo, depois vou com ela para o Rio. Alice vai recomeçar em um lugar onde terá apoio e estímulo.

– E tu, como tá te sentindo?

– Pra falar a verdade, tô louca de medo de chegar em casa e ter a polícia me esperando.

– Acho que não tem perigo. Eu e o Rubem tomamos algumas providências.

– Quais seriam?

– Fizemos um bilhete.

– Bilhete! Dizendo o quê?

– Essas coisas de literatura policial básica.

Rubem entra no quarto carregando uma pilha de jornais, tesoura e cola. Os dois sentam-se em torno de uma escrivaninha pequena com uma folha branca em cima.

– Vai recortando as letras dos títulos, não muito grandes.

– O que a gente vai escrever?

– Pensei em algo assim, curto e grosso: "Se querem sua filha de volta, não avisem a polícia. Aguardem um telefonema."

– Eu acrescentaria uma frase: "Alice está bem, por enquanto".

– Boa. Abraça essa?

– Onde é que tu vai?

– Vou descolar um carro e já volto. Usa letras bem sortidas, viu? Sabe onde a Alice mora?

– Sei, fui uma vez na casa dela.

Valéria arregala os olhos.

– Não acrediiiito!

– Antes de buscar vocês, colocamos a carta envelopada na caixa de correspondência da casa da família. Um pequeno adendo ao teu plano, pra fazer alguma confusão nas hostes inimigas.

– E se desse errado?

– Nem é bom pensar. De forma que tu pode dormir tranquila.

A Belina estaciona diante do prédio de Valéria. Álvaro checa com os olhos se há algum movimento ou veículo estranho. Depois pergunta.

– Quer que eu fique contigo?

– Não precisa. Vou tomar um comprimido e me apagar. Amanhã passa aqui?

– Cedo.

Valéria beija-lhe o rosto.

Alice bate na porta do quarto onde Rubem está deitado.

– Não consigo dormir. Adrenalina a mil.

– Também não.

– E o Cau, por que não tá aqui?

– Ele é que deveria buscar vocês, mas desistiu de última hora. Tivemos que montar um esquema de emergência.

– A Val deve estar furiosa com ele.

– Imagino que sim. Tá preparada? O que vem pela frente vai ser barra.

– Ainda tô assimilando, mas essa possibilidade é ao mesmo tempo assombrosa e estimulante. Gente, que loucura tudo isso. Vocês se arriscaram paca, principalmente a Val.

– A baixinha é fumeta. Ficamos contagiados com a disposição dela, o Alvinho principalmente.

– Não sei como agradecer a vocês todos. Pode crê que minha forma de ver o mundo mudou completamente.

– Eu também. Ainda custo a acreditar.

– E tu, meu? E o Lucas?

– Já era. Voltou pra noiva. Fiquei chateado, tava a fim do cara, paciência. Esses dias me ligou, meio que me cantando.

– Cara de pau.

– Sugeriu mais ou menos isso: ele fica com a noiva, mas de vez em quando dá uma escapadinha comigo.

– O peito! E tu?

– Mandei catar coquinho. Tá bom, usei uma terminologia um pouco mais vulgar.

– Mandou à puta que o pariu.

Ele dá uma risada.

– Mais ou menos isso.

– Pode crê. Tô sem sono, quer que eu faça teu mapa astral?

Álvaro espera Valéria entrar no prédio. Quando a porta se fecha, ele liga o motor e dá a partida, mas ao chegar à esquina, freia a Belina, engata a marcha a ré e posiciona o veículo na calçada oposta, bem defronte ao edifício. Passa-se cerca de meia hora. As luzes do apartamento se apagam, primeiro a da sala, depois a do quarto.

Ele aciona a alavanca, deita o banco e acomoda-se, usando a bolsa de couro como travesseiro. Pega no sono invadido por uma espécie muito peculiar de ternura. É despertado pouco depois por uma agitação na porta do edifício. Enxerga o Passat bege ainda com os faróis acesos. Um vulto – Cau – aciona o porteiro eletrônico com insistência. Álvaro fica em alerta. Olha para cima. A sala ilumina-se. Cau fala sem parar, mas Álvaro não consegue entender o que ele diz. A cena dura pouco. Logo, o apartamento volta a ficar no escuro. Cau olha para cima, grita várias vezes o nome de Valéria, até que desiste. Chuta uma lata, entra no Passat e sai cantando pneus.

16.

O DIA SEGUINTE

Álvaro escuta batidas no vidro e acorda num sobressalto. Demora a perceber o que acontece. Está dentro de um automóvel, sentado no banco do motorista, com a bolsa de couro servindo de travesseiro e a jaqueta de brim como cobertor. Tenta se mexer, mas o corpo dói. Gira a cabeça para a esquerda e enxerga o rosto de Valéria através da janela embaçada. Roda a manivela e abre.

– Passou a noite aqui? – ela pergunta.

Ele custa um pouco a concatenar as ideias. Abre a porta, sai do carro, boceja e alonga os braços. Valéria tem uma mala na mão e a gata amarela aninhada no outro braço.

– Fiquei preocupado que alguém viesse, então...

– Não acredito!

– Eu iria ficar só um pouco, até as coisas ficarem mais tranquilas, mas acho que peguei no sono. Dormiu bem?

– Mais ou menos, aconteceram algumas coisas desagradáveis – ela comenta, mas ainda está elaborando a cena desse início de manhã, o amigo dormindo no carro, incômodo, velando seu sono. – Vamos?

A Belina vermelha segue rumo a Viamão em um silêncio que nasce não da falta de assunto, mas das coisas não ditas. Valéria é invadida por uma espécie de assombro. Álvaro tenta aparentar normalidade.

– Quer que eu ponha uma música?

Hoje eu vim minha nega/Como venho quando posso/Na boca as mesmas palavras/No peito o mesmo remorso/Nas mãos a mesma viola onde eu gravei o teu nome

– Viu o Cláudio ontem?

Ele baixa o volume e faz que sim.

– Falou com ele?

– Não me viu. O que ele queria?

– Tinha uns trinta recados dele na secretária eletrônica quando cheguei. Não quis ouvir. Depois ele apareceu, me acordou, queria subir, insistente. Falou alguma que não entendi bem e nem fiz questão. Estava cansada e com raiva dele.

– Sentir raiva de quem se ama deve ser barra.

– Acontece toda hora com os casais. Melhor trabalhar a raiva do que acumular ressentimentos.

– Pode crê.

– Mas a história aqui é outra. Tô cheia, viu? Não por ontem, que por si só já seria motivo pra mandar o cara pro quinto dos infernos, mas a coisa já vinha mal. Ando me sentindo sufocada, ele cada vez mais autoritário, controlador, uma necessidade doentia de protagonismo. Sai comigo e me mostra com um bibelô, um troféu. Pô, nem sou tão bonita assim.

– Ô, Valéria. Tá querendo elogio?

– Quando eu vou dizer alguma coisa, ele fala em cima, faz piada, me corta, me desdenha na frente dos outros. Sair com ele começou a se tornar uma coisa penosa. Chegou ao ponto de que, nos últimos tempos, eu andava meio que fugindo, dando desdobre, inventando desculpa. Agora, tô pensando nessa noite, você dormindo no carro, preocupado comigo. O Cláudio jamais faria alguma coisa assim por mim ou por qualquer pessoa.

– Foi uma situação um tanto particular.

– Outra coisa, desculpe falar, mas noto que ele também faz isso com você. Te exibe. É mais sutil, vem com um monte de elogios. *Working class hero*. No fundo quer dizer: esse é meu operário de estimação. Usa o poder econômico, paga cerveja. Aí você fica numas de defender o cara, mesmo numa situação indefensável como essa.

– Não defendo, mas convenhamos que todo esse plano foi uma piração tua. Eu mesmo custei a aceitar.

– Talvez tenha concordado por uma espécie de culpa em relação ao que aconteceu entre você e a Alice.

– Bueno, imagino que tu tenha jogado com isso pra me cooptar – ele fala sério, mas ameniza as palavras com um sorriso. – Por isso, todo aquele papo antes da reunião.

– Foi meio inconsciente, mas não tive outra alternativa. Precisava de ti na jogada, achei que tinha direito.

– Sem problemas. Eu te devia essa desde o lance com os argentinos. Mas não embarquei nessa por gratidão ou culpa. Isso contou, mas, na real, fiz por ti.

A quietude volta a reinar na camionete. Valéria não se arrisca a comentar. Álvaro sente que precisa falar alguma coisa para tirar o peso do que acabou de dizer.

– Fiquei tricontagiado com a tua determinação, o Rubinho também. O risco era grande, guria. Achei que precisava estar contigo nessa hora pela amizade, pelo carinho... que sinto por ti. É isso. Se eu for falar mais... – e aumenta o volume do rádio.

As coisas estão no mundo só que eu preciso aprender

A Belina segue pela Avenida Bento Gonçalves até alcançar a curva do Parque Sant Hilaire. Os dois mantêm os olhos na estrada, cada um com suas emoções latentes mantidas sob árduo controle. Valéria o surpreende:

– Nós nunca falamos sobre o beijo.

Ele baixa o volume do rádio e faz uma cara de tonto.

– Beijo? Que beijo?

Ela ri. Ele comenta.

– De certo, foi na empolgação a partir da experiência intensa que vivenciamos juntos, tô falando do filme.

– Nos últimos dias, isso não me sai da cabeça.

– O filme?

– O beijo. Por que eu fiz aquilo?

–Tu tava num deslumbramento incontrolável, falava pelos cotovelos, queria dissecar o filme pra não esquecer de nada.

– O que isso tem a ver com o beijo?

– Além do mais, tinha bebido.

– E você correspondeu.

– Fiquei contagiado, ora. Não é todo o dia que uma deusa me atraca no corredor do Pedrini.

– Um beijo não é uma coisa qualquer, pelo menos pra mim.

– Bueno, numa hora mais calma a gente pode conversar sobre isso, talvez eu tenha algumas coisas pra te dizer, mas por enquanto vamos deixar assim, meio banho-maria.

Ela faz que sim com a cabeça.

Rubem e Alice estão sentados à mesa com bule de café, leite fervido e uma fartura de pães, frios e frutas à sua frente.

– Se comportaram bem, mãe?

– Uns anjos.

– Se eu ficar uma semana na casa da dona Jandira vou virar um boto – Alice brinca.

– Vai nada – Jandira comenta. – Mais do que o Alvinho comia e olha a magreza dele. Come alguma coisa, meu filho. Tá com cara de esfomeado. Tu também, querida.

– Ontem eu esqueci de perguntar se a senhora pode ficar com a gatinha alguns dias.

– Isso quem vai autorizar é o Pafúncio – ela aponta para o gato cinzento que olha tudo com curiosidade.

Valéria coloca a gata amarela no chão. Os dois felinos se aproximam com cuidado. Em alguns segundos, estão se cheirando mutuamente.

– Acho que ele concordou. Ela tem nome?

– Filomena.

– Seja bem-vinda, Filomena. Bom, não é porque vocês chegaram, mas tenho que ir à missa.

– Dormiram juntos? – Rubem pergunta, com malícia.

– Quase.

Valéria entrega a Alice uma passagem e a carteira de identidade em nome de Laura Struck.

– Não tinha outro nome melhor?

– É o nome da minha avó. Um lindo nome. Te acostuma. Vai se chamar assim por um bom tempo. Aqui na mala tem umas roupas. Não esquece da peruca. Anda! O avião sai ao meio-dia.

O *check-in* no aeroporto reaviva a tensão. Chega a vez de Valéria e Alice. Álvaro e Rubem acompanham à distância, olhando para os lados. O atendente da companhia aérea confere a foto na carteira de identidade de Laura e compara com o rosto de Alice várias vezes. Depois de alguma vacilação, ele devolve o documento e entrega o bilhete.

– Embarque doméstico, portão 4.

As despedidas são chorosas. Alice abraça Rubem como se não quisesse mais soltá-lo. Depois, abre um sorriso para Álvaro.

– Te devo o mapa astral.

– Fica pra próxima.

– Navegar é preciso!

– Viver é impreciso. Te cuida, guria.

Valéria aproxima-se de Álvaro e lhe beija muito próximo da boca.

– Semana que vem tô de volta.

As duas seguem em direção à área de embarque. Rubem põe a mão sobre o ombro de Álvaro, aproxima o rosto do ouvido dele e sussurra:

– Babão.

17.

Meio de Campo

O Bar Gre-nal tem as paredes de azulejo repletas de flâmulas e fotografias posadas dos dois times. Álvaro encontra Cau sentado a um canto, sob um pôster do Inter bicampeão, as pernas balançando e as mãos apertando-se sobre a mesa. Vai até lá e faz uma advertência prévia.

– Chê, não tenho muito tempo. Lá na gráfica, o bicho tá pegando.

– Sabe o que é foda? É depois de tudo o que passamos juntos, eu ter que insistir, quase implorar pra conseguir falar contigo.

– Pelo contrário. Eu só tô aqui por tudo que passamos juntos. Se fosse pelos últimos acontecimentos...

– Tudo bem, bicho. Fala que eu pisei na bola, que sou um traidor, que quase pus tudo a perder. Fala duma vez!

Álvaro levanta-se.

– Olha, se o papo é esse...

– Senta aí.

Cau ergue o braço para o sujeito no balcão.

– Dois expressos! – depois vira-se para Álvaro. – Pelo menos um café tu vai beber comigo.

No rádio do bar, Odair José promete:

Eu vou tirar você desse lugar/Eu vou levar você pra ficar comigo/E não me interessa o que os outros vão pensar

– Sou todo ouvidos.

– Tinha tudo pra dar errado, vai negar? Quatro amadores se metendo numa aventura de filme, desafiando a repressão. Tentei convencer a Val de tudo quanto é jeito, mas ela estava cega. Só me restou tomar uma atitude drástica.

– Tirando a sacanagem de nos deixar pendurados no pincel na última hora, tu apostou mal. Achou que, tirando o time, ela desistiria. Não percebeu a obstinação da guria, a disposição dela pro tudo ou nada. Achou que ela iria abrir mão disso por causa do chilique do gatão?

– Obstinação o caralho! Ele tava obcecada, isso sim, e uma pessoa obcecada são pensa direito. E tu – ele aponta um dedo acusador para Álvaro –, o cara do bom senso, em vez de botar a bola no chão, embarcou nessa loucura.

– Deu certo, né?

– Por acaso. Aquilo não era brincadeira, Alvus. Sequestro, polícia, Lei de Segurança Nacional, o escambau. Tenho certeza de que tomei uma atitude madura.

– A única coisa que deu errado foi o teu boicote, mas relaxa. Não fez falta, faixa. A tua ausência foi facilmente suprida. O resto são problemas com a tua consciência, e eu não tenho nada com isso.

– Eu me preocupei com a Val, principalmente com ela.

– Ah, é? Tenta convencê-la disso.

– Tentei. Naquela noite fui atrás dela, mas ela não me deu papo. Esta semana, estive várias vezes no apê, toquei até gastar o dedo, procurei na faculdade, ninguém sabe dela.

– Viajou.

– Pra onde?

– Olha, até agora não entendi o propósito desse papo. Afinal, o que tu quer de mim?

– Que faça o meio de campo.

Álvaro solta uma risada.

– Meio de campo? Chê, nem Gérson e Rivellino juntos quebrariam teu galho.

– Eu preciso falar com ela, entendeu? Preciso consertar esse troço. Tenho certeza de que se ela me ouvir...

Álvaro bebe o café em dois goles e se levanta.

– Deu pra tua bolinha. Vai por mim. Tu já dançou, meu. Pega teu caderninho e escolhe a próxima da fila. E quer saber? Esse papo já era. Tenho que trabalhar.

Cau baixa a cabeça.

– Se tu encontrar a Valéria diz que...

Mas Álvaro já não está ali.

18.

Nove dias depois

Na universidade, o clima é de guerra. Os cartazes pintados à mão convocam: "23 de agosto, Dia Nacional de Lutas – em defesa da UNE e do Movimento Estudantil. Todos na Praça Raul Pilla. 3ª feira, 12h". Os prédios do campus central da Universidade Federal estão tapados de cartazes propagandeando a manifestação, em resposta à repressão policial que impediu o Congresso da UNE, dois meses antes. Valéria distribui panfletos durante o intervalo das aulas, mas trava ao notar a ilustre presença do Mercedes-Benz prateado no estacionamento. Gira os olhos entre os grupos de alunos até localizar uma mulher de meia-idade sentada em um banco, vestindo um abrigo esportivo e fumando um cigarro. Hesita. Cogita voltar para o prédio da Psico, mas percebe que Natália a viu e compreende que está diante de uma situação inadiável.

Vai em direção à visitante já elaborando o papel que tentará desempenhar na conversa. Ao ficar diante dela, não percebe a autossuficiência a que estava acostumada nas poucas vezes que se viram. Natália parece uma mulher triste e derrotada.

– Te procurei a semana passada – ela diz.

– Fui a São Paulo ver a minha mãe.

– Vocês se dão bem?

– Como toda a mãe e filha – Valéria alfineta.

– Invejo vocês – a visitante dá uma tragada profunda. – Como ela está?

– Minha mãe está sempre...

– Falo da Alice.

– A senhora deve saber melhor do que eu.

– Tu sabe do que eu estou falando – Natália afirma sem se alterar.

Valéria emudece. A outra prossegue.

– Naquele dia, eu saí da clínica com um mau pressentimento. Alice estava tensa o tempo todo, mas uma tensão diferente. Uma mãe sente isso, sabia? Mesmo uma mãe desalmada como eu – ela diz, com amargura. – Percebi um tipo de expectativa que ela não vinha demonstrando, como se a apatia desse espaço a outra coisa que na hora eu não entendi. Na despedida, me deu um abraço e não foi qualquer abraço. Tinha alguma coisa ali que não combinava com a situação toda. Eu saí encucada, imaginando mil coisas. Então, me veio à cabeça o pavor de que ela pudesse cometer outra tolice. Fiquei em pânico. Já estava no portão e pedi pro motorista dar meia-volta. Então, naquela confusão de carros, vi vocês duas caminhando em direção à rua.

Valéria sente o coração acelerar.

– Eu não sei do que a senhora está...

– Alice com o traje do coral, tu disfarçada de enfermeira. Custei a identificar as duas. Parabéns, um plano bem bolado. Eu poderia ter dado o alarme, sabia? Pegariam vocês no portão de saída. Tu iria te incomodar pro resto da vida, enquanto a Alice...

– Alice voltaria para o calvário da tarja preta, dos choques, talvez rumo ao quarto misterioso onde fazem lobotomia, e se transformaria num arremedo de pessoa, cordata e infeliz, sem criar problemas para os pais pelo resto da vida.

Natália joga o cigarro no chão e pisa em cima. Depois põe os olhos úmidos na jovem.

– Não falei nada pra ninguém. Só se deram conta do sumiço da Alice tarde da noite. Tu deve estar pensando por que eu não denunciei. Pelo menos me dá esse valor.

Valéria dá de ombros.

– Dona Natália, eu preciso...

– Tudo isso que tu falou é real. Alice não teria a menor chance e eu não teria força para impedir. Não sei o que é feito dela, mas... – Natália interrompe a frase para enxugar as lágrimas que borram sua maquiagem. – Ronaldo não sabe nada disso nem vai saber. Está convencido de que foi um sequestro e até hoje aguarda o contato dos sequestradores grudado no telefone, dia e noite. A ideia do bilhete funcionou. Acha que foi algo político contra ele, tu deve saber da relação dele com os militares.

Valéria faz que sim. A outra prossegue.

– De certa forma, sinto algum prazer de ver o meu marido desse jeito. Um sentimento perverso pra se ter por alguém com quem se vive há quase trinta anos, não acha? Ele fez muita coisa ruim na vida e está pagando, sofrendo pela filha que tanto ama.

– Ama?

– Ele queria de volta a Alice de antes, alegre, comportada, carinhosa com ele. Faria qualquer coisa.

– Até autorizar uma lobotomia?

Natália permanece alguns instantes de cabeça baixa.

– Como ela está? – murmura.

– Eu gostaria de dizer alguma coisa, mas...

A mulher lança um olhar suplicante a Valéria e ergue a voz, a ponto de atrair a atenção dos estudantes mais próximos.

– Pelo amor de tudo que é sagrado, como ela está?

Valéria respira fundo.

– As notícias ruins chegam rápido. Se não chegaram, é porque ela deve estar bem. Agora, se a senhora me dá licença...

A jovem caminha em direção ao prédio. Dá uns passos e escuta:

– Valéria!

Ela vira-se. Natália tem um esboço de sorriso nos lábios.

– Obrigada.

19. Abaixo a Repressão

O chão do DCE está coberto por enormes folhas de papel *craft* coladas umas às outras com fita crepe. Sobre elas foi desenhado com pincel atômico um mapa que mostra um trecho da subida da Avenida João Pessoa, com vários pontos assinalados: o próprio edifício do DCE, a Faculdade de Direito, do outro lado da rua, mais adiante o prédio da Engenharia, a esquina com a Rua André da Rocha, a Faculdade de Economia, as praças Argentina e Raul Pilla, o Viaduto Loureiro da Silva e, adiante dele, o Departamento de Arte Dramática e o início da Salgado Filho, em uma curva à esquerda.

Sobre ele, a comissão encarregada da organização acaba de definir a estratégia para o ato público do dia seguinte, com um objetivo ambicioso: furar a barreira policial que estará montada antes do viaduto e alcançar o coração da cidade.

Na pilotagem da *off set* do DCE, Álvaro tem uma lista de tarefas que novamente ocuparão sua madrugada. Precisa produzir panfletos, milhares deles, para serem distribuídos na Rua da Praia. São onze na noite. Antes de encarar a empreitada, precisa dormir algumas horas. Livra o sofá das bugigangas colocadas sobre ele, recosta a cabeça no apoio lateral e tenta dormir um pouco. O sofá de dois lugares é pequeno para ele, que precisa se encolher demais, dobrar os joelhos e contrair o corpo em uma posição incômoda, mas o cansaço é mais forte.

– Me acordem às quatro – ele pede aos estudantes de sua equipe.

A avenida é asfaltada com papelão e sobre ela foi desenhada uma infinita quadra do jogo da amarelinha. Cada panfleto que sai da máquina instalada no meio da rua ele entrega aos que estão na fila e eles comem como se fosse hóstia, fazem uma reverência e depois saem a pular pelas casas do jogo salteando os pés. Rubem aparece vestido de mulher. Sua mãe pergunta a ele: como foi a peça? Atrás dele, Alice exibe um barrigão e sussurra em seu ouvido: é meu pai internalizado, quando sair eu vou matá-lo. Mate o teu também. Valéria vestida de Letícia lhe faz um gesto para segui-la e sai pulando pelas casas do jogo. Ele tenta ir atrás, mas seus pés estão grudados no chão. Não posso sair daqui, grita. Ela volta sem o disfarce: temos que salvar a Ali. Ela tá aqui, ops, não tá mais. Valéria arregala os olhos. O choque. Alice está na porta do quarto e aponta para o tio Ernesto nu, em uma cadeira de metal com dezenas de fios grudados em seu corpo. Ela explica: ele tá tomando choque no meu lugar. O delegado Pedro gira a manivela e pergunta. Tá bom assim? Olha para Alice e diz: tu é a próxima. Ela exclama: hoje não, tio. Primeiro tenho que matar meu pai.

– Acorda, meu!

Álvaro arregala os olhos, gira a cabeça para os lados e as imagens começam a se definir. Está no salão do DCE, faz frio e terá algumas tarefas a cumprir antes do amanhecer. Alonga-se e segue para retomar a operação da impressora na sala ao lado. Um rapaz aproxima-se.

– Logo que tu pegou no sono, apareceu uma guria procurando por ti.

– Disse o nome?

– Não. Uma princesinha.

– Sobrancelhas grossas?

– Isso. Foi até o sofá, ficou te olhando uns minutos, perguntei se ela queria que eu te acordasse...

– E por que não acordou?

– Ela disse que não precisava.

O locutor da Rádio Continental provoca: "Hoje é um ótimo dia para dar uma banda na João Pessoa".

Faltando quinze minutos para a uma da tarde, vários caminhões da Brigada Militar estacionam junto à Praça Raul Pilla e descarregam carradas de soldados, instruídos para não permitir que os estudantes ultrapassem o viaduto. Para isso, formam uma barreira de três colunas, cada uma com cerca de 30 brigadianos usando máscaras e portando escudos e cassetetes.

Aos poucos, estudantes vindos de todos os lados começam a ocupar o trecho da avenida entre o DCE e a Faculdade de Direito, primeiro nas calçadas, mas logo se espalham pelo leito da via. É uma tarde cinzenta, entristecida por um chuvisqueiro fino e intermitente.

Às duas da tarde, a aglomeração é grande e já impede a circulação de ônibus e automóveis por ali. Surgem faixas pintadas na noite anterior:

Abaixo a ditadura

Constituinte livremente eleita

Os manifestantes fazem a primeira investida em direção à barreira policial, aos gritos:

– Abaixo a repressão, mais arroz e mais feijão! Abaixo a repressão, mais arroz e mais feijão!

Imediatamente, os soldados começam a marchar em sentido contrário. Os coturnos fazem tremer o asfalto. Os estudantes recuam e se refugiam no prédio do DCE e atrás das grades de ferro da Faculdade de Direito que delimitam o campus da Universidade Federal.

Findo o primeiro *round*, os policiais voltam à posição inicial.

Valéria passou a manhã distribuindo panfletos. Ao meio-dia, comeu um sanduíche no bar do DAIU e agora dirige-se ao local da manifestação pelo pátio interno do campus. Chega no momento em que, lentamente, os estudantes voltam à rua e preparam uma nova escaramuça. Uma colega de curso, integrante da comissão de organização, alcança a ela um pequeno estojo plástico contendo algodão embebido em uma substância de cheiro forte.

– É amônia. Quando eles lançarem as bombas de gás lacrimogêneo, enfia no nariz, mas não deixa muito tempo que dá barato.

A avenida está novamente ocupada por uma multidão maciça de jovens.

– Os estudantes devem abandonar o leito da rua – ordena um oficial utilizando um megafone.

Contrariando a ordem, os manifestantes recomeçam a avançar.

– Soldado da Brigada também é explorado! Soldado da Brigada também é explorado!

Novamente, os brigadianos marcham em direção à passeata.

Valéria está inquieta.

– Vamos ficar nesse vai e vem a tarde inteira?

– Temos que garantir o pessoal que está no Centro – sua colega comenta.

– Que papo é esse? Quem está no Centro?

– A estratégia é essa. Vamos ficar distraindo os *pé de porco* enquanto um turma grande vai tentar uma manifestação relâmpago na Rua da Praia. Eles estão se reunindo agora ali no DAD.

Valéria tem um pressentimento. Durante uma das investidas, ela se descola da manifestação, contorna a barreira policial pela direita e segue lateralmente pela subida em direção à Santa Casa, atravessa a rua por cima do viaduto e alcança o prédio do Departamento de Arte Dramática. Junto ao portão, já se forma um bom grupo de estudantes. Entre eles, enxerga um rosto conhecido. Rubem abraça Valéria até quase sufocá-la.

– E a Ali?

– A Ali tá ótima, segura e bem tratada. Depois eu conto tudo. E vocês?

– A gente tá nessa espécie de comando avançado, por trás das linhas inimigas. Daqui a gente sai em passeata até onde der.

– Vô junto. Viu o Álvaro por aí?

Rubem vira a cabeça para o interior do pátio.

– Ele está na comissão de segurança.

Álvaro confabula com um grupo de rapazes altos como ele e mais fortes. Quando a vê, fica paralisado. Ela se aproxima e toma a iniciativa de abraçá-lo. Antes que digam alguma coisa, um dirigente do DCE levanta a voz.

– É agora, companheiros! Saímos até a Doutor Flores como quem não quer nada. No que dobrarmos a esquina, já desfraldamos as faixas e começa a distribuição de panfletos e as palavras de ordem. Tem um pessoal nos esperando na primeira quadra. Ouçam bem: não é que nem nossas passeatas arrastadas do interior do campus. Temos que ser ágeis, aproveitar ao máximo enquanto a repressão não aparece. Durante a caminhada, estaremos recebendo informações sobre o comportamento da polícia. E atenção, quando baixar a repressão procurem se dispersar, de preferência em grupos de dois ou três, pra ninguém ser preso sozinho. Se acontecer, tem uma equipe de advogados de plantão no Palácio da Polícia. Lembrem-se, se refugiem nas lojas, cinemas, igrejas, misturados com o povo, falou? Vamos lá.

– Vou cuidar de ti, pode deixar – Álvaro diz a Valéria.

– E eu de ti.

Já são cerca de trinta jovens que caminham de forma displicente até a esquina da Doutor Flores. Outros aparecem do outro lado da rua. Álvaro vai bem atrás, cuidando da retaguarda, de olho nos policiais concentrados embaixo do viaduto, a poucos metros dali, mas com todas as atenções voltadas para a contenda que acontece na João Pessoa. Já é possível ver sobre o viaduto a fumaça das bombas de gás lacrimogêneo.

Na primeira quadra da descida para a Doutor Flores, aparecem cartazes e faixas que os estudantes escondiam sob as roupas e panfletos que carregavam nas bolsas.

– O povo, unido, jamais será vencido!

Na esquina com a Rua General Vitorino, outro grupo engrossa a passeata. Rapidamente, o número de rapazes e moças se multiplica.

Valéria distribuiu panfletos aos transeuntes. Alguns aceitam, outros recusam. Ela insiste.

– Nosso ato é pacífico. Queremos chamar a atenção das pessoas para a carestia, a falta de liberdade.

Álvaro procura não perdê-la de vista. De algumas janelas dos prédios surgem chuvas de papel picado.

– Um, dois, três, precisamos de vocês! Você, que é explorado, não fique aí parado!

Alguns apoiam fazendo sinal de positivo. Outros são francamente hostis.

– Vão trabalhar, vagabundos.

Os estudantes reagem. Álvaro grita para eles.

– Não aceitem provocação, gente! É o que eles querem.

O cordão de estudantes ingressa gloriosamente na Rua da Praia, com suas palavras de ordem. Valéria aproxima-se de Álvaro, os cabelos úmidos pelo chuvisqueiro.

– Quantas pessoas tu acha?

– Umas cento e cinquenta.

– Só?

– Duzentas, talvez. Tem muita gente aderindo.

– Tá nervoso?

– A passeata tá muito devagar. Desse jeito a polícia nos pega.

Na quadra seguinte, Valéria e Rubem se afastam da massa e ingressam na Galeria Malcon. Cada um entra em uma loja para distribuir panfletos. Álvaro os segue à distância, então acontece o que ele temia. Primeiro, um sujeito à paisana segura Rubem pelo cangote. Outro se aproxima de Valéria e agarra seu braço diante da loja Gang. Ela se desvencilha, mas o tipo a puxa pelos cabelos. Álvaro o conhece. É o rato cabeludo que quebrou seu rádio na inesquecível noitada no Dops. A adrenalina sobe. O sujeito pretende conduzi-la até a saída lateral da galeria. Alguns jovens que estão na loja protestam. Na confusão, Álvaro corre, dá um salto com as pernas para frente e acerta as costas do policial com os dois pés. O outro solta Rubem e vai acudir o colega, que tenta levantar-se com dificuldade.

– Por aqui! – Álvaro grita.

Os três seguem pela Rua Vigário José Inácio, passam na frente do Cine Carlos Gomes e dobram à esquerda na Otávio Rocha, a passos rápidos, misturando-se à massa que circula pelas lojas populares. Álvaro certifica-se de que não estão sendo seguidos. Na esquina com a Marechal Floriano, encontram um grupo de vinte ou trinta estudantes que se desligou da passeata e segue resoluto através do antigo abrigo dos bondes. Álvaro mantém os olhos na retaguarda. No Largo da Prefeitura, os estudantes confiscam um pedestal de madeira usado pelos guardas de trânsito. O dirigente do DCE sobe nele e volta-se para a multidão concentrada em torno dos terminais de ônibus, junto ao Mercado:

– Povo de Porto Alegre! Nesse ato, os estudantes reafirmam seu compromisso com a democracia, com a mobilização dos trabalhadores por melhores salários, com a luta das donas de casa contra a carestia, com as reivindicações das massas populares por melhores condições de vida. Nesse momento, lá na Avenida João Pessoa, nossos companheiros estão sendo reprimidos violentamente com cassetetes e bombas de gás lacrimogêneo, mas nós estamos aqui para denunciar a repressão e defender a convocação de uma Constituinte livremente eleita para derrotar de vez a ditadura militar. Abaixo a ditadura! Viva o povo brasileiro!

Os manifestantes comemoram, jogam panfletos para cima e gritam:

– O povo unido jamais será vencido! O povo unido jamais será vencido.

Ele desce do pedestal.

– Pessoal! Já temos informação de que mandaram uma tropa de choque pra cá. Então, vamos dispersar em pequenos grupos, com calma, sem dar bandeira, mas os olhos bem abertos. Nosso movimento já é vitorioso. Agora, é cuidar da segurança.

Álvaro, Rubem e Valéria sobem a Avenida Borges de Madeiros misturados com os passantes com a ideia de fazer o trajeto de volta para ver como andam as coisas na João Pessoa. O trânsito está parado, motoristas impacientes buzinam com insistência. Já se escutam sirenes de viaturas policiais. O chuvisqueiro aumenta. Ingressam na Rua da Praia apinhada de gente e escutam uma gritaria. À altura da Livraria do Globo, um estudante corre em sentido contrário:

– Os hômi! Os hômi!

É como se um tsunami humano viesse da direção deles. As pessoas recostam-se nas paredes, abrindo uma clareira, por onde rapazes e moças correm em desespero. Vários escorregam no chão molhado e tornam a correr, alguns se refugiam nas lojas, cujos donos começam a baixar as portas. Atrás deles, cerca de trinta soldados da tropa de choque marcham em formação, ocupando as calçadas e o leito da rua, distribuindo bordoadas e arrancando as faixas dos manifestantes.

Instintivamente, Álvaro segura a mão de Valéria e o braço de Rubem e os conduz para a subida da Rua Marechal Floriano. Caminham por ali a passos rápidos até alcançarem a Rua Riachuelo.

– Vamos pra João Pessoa ou desistiram?

– Nada de desistir! – ela responde.

Os três seguem por ruas secundárias até a Rua Avaí. Na esquina encontram o vereador cassado Marcos Klassmann.

– Saiu ato no Centro? – ele pergunta.

– Sim, mas agora tá uma pancadaria.

– Então é por isso – Klassmann sorri. – Perderam e estão possessos. Os comandantes não engoliram a derrota e resolveram baixar o pau.

Os estudantes aglomerados entre o DCE e a Faculdade de Direito gritam palavras de ordem e agitam as faixas. Os soldados, usando máscaras, lançam bombas de gás lacrimogêneo. Uma delas cai perto do trio. Rubem sai correndo. Álvaro tem um acesso de tosse.

– Coloca isso no nariz – Valéria alcança a Álvaro o algodão com amônia.

Os policiais militares descem a avenida, céleres. Quatro vão à frente carregando uma mangueira como arma. Após o primeiro esguicho, contudo, a água perde a força. Os estudantes riem:

– Brocha! Brocha!

A rua está tomada pela fumaça. Álvaro e Valéria decidem se refugiar no DCE, porém um grupo de duas dezenas de policiais civis à paisana tem a mesma ideia. Forçam a porta e quebram vidros para ingressar no prédio. Do outro lado da rua, Rubem grita e aponta para a Faculdade de Direito.

Os três ingressam na área do campus antes que o portão seja fechado. Alguém exclama:

– Saiu a passeata no Centro!

A notícia é saudada com vivas. Porém, os soldados da PM postam-se diante das grades.

– Eles vão invadir! Eles vão invadir!

Os policiais estão furiosos, dão a entender que apenas aguardam ordens superiores para adentrar o prédio. Os estudantes reagem:

– Soldado da Brigada também é explorado!

– Teu filho passa fome!

Passam-se vários minutos de pura tensão até que os policiais começam a retornar ao viaduto. Os estudantes comemoram.

Às quatro da tarde, a manifestação arrefece, porém com sabor de vitória. Todos se abraçam, riem, cada um conta sua aventura particular, há um sentimento coletivo de que aquele dia será histórico. Como ato derradeiro, sentam-se no leito da rua e cantam o Hino Nacional. Surgem informações de que cerca de trinta estudantes foram presos e estão prestando depoimento no Dops, mas há uma convicção geral de que estão assessorados por advogados da Assembleia e dos sindicatos e que logo serão liberados. As lideranças convocam uma assembleia de avaliação no DCE.

– Vocês pretendem ir? – Valéria indaga.

– Por mim, deu por hoje – Rubem responde.

– Eu também.

Surpreendentemente, Cau aparece diante deles, eufórico.

– Que vitória, camaradas!

Fala mais alguma coisa sobre uma inacreditável façanha do movimento estudantil que desconcertou a repressão. Ante o silêncio constrangido dos outros, ele pede licença, pega Valéria pelo braço delicadamente e se afasta com ela. Álvaro e Rubem permanecem onde estão. A conversa do antigo casal está durando uns bons dez minutos. Cau fala sem parar e Valéria conserva um sorriso enigmático nos lábios. O rapaz acaricia seu rosto e os dois se abraçam.

Álvaro vira-se para Rubem.

– Bueno, acho que vou nessa.

– Vou contigo.

– Quem sabe uma cerveja?

– Tô precisando.

Os dois caminham por cima do viaduto sem olhar para trás, mas ouvem uma vozinha atrás deles.

– Onde pensam que vão sem mim?

Ela coloca-se entre os dois, segurando-os pelos braços.

– A ideia é tomar uma cerveja – diz Rubem.

– Hoje tá mais pra um vinho. Será que é cedo pra uma canja no Van Gogh?

– Quem sabe faz a hora – Álvaro retruca.

Logo ao fim do novo viaduto, a fachada do bar da esquina com a Rua da República tem um desenho do infortunado pintor holandês.

– Gente, que loucura! – exclama Rubem. – Tô tremendo até agora.

Valéria solta uma risada nervosa.

– O que foi isso? O que tá acontecendo nessa cidade?

– Fala da Ali – Rubem pede, enfim.

– Ela tá bem, num lugar bárbaro chamado Casa das Palmeiras, no Rio. Foi criado pela Nise da Silveira, uma velhinha fantástica, pioneira da psiquiatria, já ouviram falar? Foi presa na Ilha Grande, ficou amiga do Graciliano Ramos.

– Sim, ele menciona o nome dela nas *Cartas do cárcere* – assinala Álvaro.

– Então. A Nise depois se tornou junguiana, escreveu um livro sobre o Jung, é uma linha que eu não conheço bem, mas se enquadra na luta contra os manicômios. Falando assim, rapidamente: aquele lugar é destinado a pessoas que estão a toda hora envolvidas em reinternações, então ela busca tratar esses pacientes através da terapia ocupacional com um viés artístico. O propósito da experiência é estimular a criatividade.

– Que barato. Tudo a ver com a Ali.

– Fiquei três dias com ela. Ainda é cedo pra avaliar, mas ela tá se enturmando, se oferece pra fazer o mapa astral das pessoas e já tá começando, devagarinho, a se interessar de novo pela pintura, coisa que tinha riscado da vida dela. No último dia, até me pediu umas tintas. Acho que vai dar certo.

– Ela mora lá?

– Provisoriamente mora com umas gurias que eu conheci num congresso, numa espécie de *república* que nem a de vocês. Depois, vamos ver como fica. No fim do ano vou visitar a moça e ver como estão as coisas.

– Vou contigo – diz Rubem. – E a família dela?

– A mãe me procurou ontem.

Rubem arregala os olhos. Álvaro inquieta-se.

– Ela nos viu saindo da clínica, mas fiquem tranquilos. Ela vai ficar na dela – Valéria assegura.

– Como é que tu pode ter tanta certeza?

– Se quisesse, teria nos denunciado na mesma hora e iria tudo por água abaixo. Não contou nem para o marido. Na real, está corroída pelo remorso por tudo que a Ali vinha passando e, principalmente, pelo que aconteceria caso ela continuasse naquele lugar. Até me agradeceu, acreditam?

– Não sei não – Álvaro duvida. – Se ficar sem notícias, é capaz de mudar de ideia.

– Por isso, ontem à noite eu telefonei pra Ali e pedi pra ela escrever uma carta bem pra cima contando as coisas legais que estão acontecendo, obviamente sem revelar onde está. Acho que isso alivia uma eventual ansiedade da mãe.

Com a liberação da avenida, o trânsito parece normalizado e o dia vai escurecendo mais cedo.

– Olha, acho que as coisas serenaram.

– Pode crê – Rubem despede-se. – Pra mim deu. Preciso voltar pra casa e digerir tudo o que aconteceu. A gente se fala.

Quando Valéria e Álvaro ficam a sós, ele diz:

– Achei que tu e o Cau...

– Só uma despedida. Ontem de noite estive lá no DCE atrás de ti.

– Me contaram. Devia ter me acordado, chê.

– Disseram que você estava há duas noites sem dormir.

– Foi minha despedida do movimento estudantil. Hoje foi o ápice. A partir de agora, vou me concentrar na militância sindical.

– Vai abandonar o Jornalismo?

– Não, pretendo continuar no curso. Só acho que agora é a vez dos sindicatos. Tá acontecendo um monte de coisas, greves no ABC paulista, uma articulação muito forte por aqui também. Além disso, tenho sido convidado pra reuniões do movimento negro, do grupo Palmares. Tá na hora de assumir a minha negritude, né?

– Não foi você que disse que as questões das mulheres, dos negros, dos ambientalistas não se resolveriam no capitalismo?

– Continuo achando, mas alguma coisa dá pra fazer.

– Só.

– Mas o que tu queria?

– Ah, queria combinar de buscar a Filomena na casa da tua mãe.

– Estive lá sábado. A gatinha tá bem. O Pafúncio é um gato de rua, às vezes some dois, três dias, mas sempre volta. Mas nesses dias, com a companhia da Filomena, não sai de casa. A mãe disse que eles passam a madrugada brincando de pegar.

– Então preciso ir logo, senão perco minha gatinha.

– Podemos ir amanhã. Tirei uns dias de folga na gráfica.

– Na real, eu queria falar contigo outra coisa – ela diz.

– Sou todo ouvidos.

– Eu tenho boa memória, sabia?

– Bueno, imagino que seja um requisito imprescindível pra uma futura psicóloga, vários pacientes, na hora da consulta é preciso lembrar do drama de cada um sem se atrapalhar, senão dá bode. Seria um desastre, por exemplo, confundir o esquizofrênico com o paranoico, o cleptomaníaco com o perdulário, o narcisista com o depressivo, o masoquista com o sádico.

Valéria ri.

– Eu lembro de uma conversa que a gente teve no carro antes da viagem. Você falou que, passada toda a aventura, teria algumas coisas pra me dizer.

– Falei, é? Não lembro.

– Não te faz.

– Chê, sabe aquela cena clichê dos filmes de aventuras? Lá pelas tantas, o herói tem que pular do telhado de um prédio ao outro pra se safar, mas existe um vão considerável entre eles. Um vão profundo. Se ele errar, a queda é mortal, não sobra nada.

– Nessa tua metáfora, ele precisa meeesmo saltar ou pode encontrar um subterfúgio e desistir?

– É um chamado, não tem escapatória. Se não saltar, o filme não tem graça. Então, ele precisa caprichar, estimar a distância, avaliar suas chances, respirar fundo.

Valéria esfrega um lábio no outro.

– Tô curiosa pra saber o desfecho.

Álvaro respira fundo, com algum exagero teatral.

– Toda essa conversa é pra dizer que o meu salto mortal

é te convidar pra um cinema, mas tô louco de medo que tu não aceite e eu me esborrache no chão.

Ela finge uma cara de assustada.

– Oh, não podemos permitir isso. Eu topo, mas só se for filme com final aberto.

Álvaro sorri.

– Final aberto sugere infinitas possibilidades. E eu teria uma chance de ganhar um beijo na saída, se o filme for bom.

– Tomara que seja.

THE END

(aberto)

BARRA 77

Rafael Guimaraens

Libretos

Livro editorado em Georgia e Synthemesc,
com 220 páginas, impresso sobre papel Avena
Chambril, 80 gramas, na Gráfica Pallotti, na
primavera de 2024.